EGYD GSTÄTTNER / UNTERGÄNGE

Egyd Gstättner

UNTERGÄNGE

Ein Roman

EDITION ATELIER

Satz: Tau Type, Bad Sauerbrunn
Druck und Bindung: Wiener Verlag, Himberg
ISBN 3-8530-8020-0

I

Einberufung des Teamkaders

1

Am 16. Jänner 1967 ließen mich meine Eltern beim Schlittschuhlaufen in der Pörtschacher Bucht des Wörthersees einen Moment lang außer Augen, weil sich unser Pudel plötzlich losgerissen und in Richtung Seemitte davongemacht hatte. Genau in diesem Augenblick stürzte ich noch nicht fünfjähriger Mensch in ein aus der Eisfläche gehacktes Loch und ging unter. In der kürzesten Zeit mit dem gesamten Körper einschließlich des Kopfes unter Wasser, entwickelte ich auf meinem einige dutzend Meter weiten Abwärtsweg bis zum Grund des Sees in ebenso kurzer Zeit eine plötzliche und ganz unmittelbare Empfindung für die „Brüchigkeit der Welt“, für das Grauen und den Schrecken und den schmerzvollen Schauder des Lebens sowie für die daraus resultierende Konsequenz des „Untergangs der Seele“, mehr noch, des „Untergangs der in ihrer Endphase begriffenen Zivilisation“, des Innenlebens der Zivilisation jedenfalls. Denn jeder Tod ist selbstverständlich ein kompletter Weltuntergang. Blau vor Augen, von vereinzelten, verirrten Fischen in Empfang genommen und so zu sterben beginnend, erfaßte ich intuitiv eine auf das „Wesenhafte gerichtete Intensität, die auf historische und psychologische Einmaligkeit verzichtet, sondern in zunehmendem Maß das innerlich als entscheidend Erfaßte als Wirklichkeit setzt“. Infolge meines derartig aufwühlenden Pathos hatte ich unter Wasser und der Welt abhandenkommend gar nicht den Willen, mein Erlebnis zu objektivieren. Schnelligkeit, Simultanität, höchste Anspannung, die Ineinandergehörigkeit des Geschauten und dann das plötzliche Aus. Alles Erlebte gipfelt in einem Geistigen. Es war mir spontan klar geworden, daß die „Welt nur als ästhetisches Phänomen zu rechtfertigen“ und die „Überwindung des Nichts“ gewissermaßen nur „im künstlerischen Akt“ zu bewältigen sei. Wenn überhaupt. Nur würde ich die ganze Weisheit für immer bei mir behalten müssen, dort unten. Also dachte ich mir vom Scheitel bis zur Sohle und mit Haut und Haaren unter Wasser bei vier Grad Celsius,

ALLES IST HOHL, UND EINE TOTENMASKE,
DIE MAN ZERSCHLÄGT, UND NICHTS IST DANN DARINNEN.
KEIN ATEM, UND KEIN BLUT, NUR TÖNERN SCHERBEN.
UND FÄDENZIEHEND SITZEN GROSSE SPINNEN.

Gerade in dem Augenblick, in dem ich außerdem schon ziemlich hoffnungslos und endgültig dachte,

VORBEI IST UNSERE ZEIT: ES IST VOLLBRACHT.
WIR SIND HERUNTER, SEHT, WIR SIND NUN TOT.
IN WEISSEN AUGEN WOHNT UNS SCHON DIE NACHT,
WIR SCHAUEN NIMMERMEHR EIN MORGENROT,

wurde ich aber von einem – wie es bei solchen Anlässen heißt: geistesgegenwärtigen – Pörtschacher Schlittschuhläufer, der in dem aus dem Eis gehackten Loch den roten Zipfel meiner in die Tiefe versinkenden Zipfelmütze sah, aus meinen Absterbegedanken ins Diesseits zurück und in die Pörtschacher Oberwelt gerissen. Ich bin – wie es bei solchen Anlässen heißt: – mit einer Unterkühlung, ein paar Hautabschürfungen und mit dem SCHRECKEN davongekommen, die klassische Medizin hat mir langsame Erwärmung, Pfefferminztee, Wollsocken, Tuchent und

Bettruhe verschrieben, das war alles. Niemand ist auf die Idee gekommen, mich psychiatrisch nachbehandeln zu lassen. Es ist wahr, daß ich mein Leben einerseits dem Tragen einer roten Zipfelmütze, andererseits der Geistesgegenwart eines schlittschuhlaufenden Pörtschachers verdanke. Ein Pörtschacher Schlittschuhläufer, von dem ich nichts und nicht einmal seinen Namen weiß, hat mich fünf Jahre nach meiner Mutter nochmals zur Welt gebracht, zu einer Welt allerdings, die schlagartig eine andere Welt war als meine erste. Hätte ich anläßlich meines „Einbruchs", das heißt: Untergangs entweder keine rote Zipfelmütze getragen oder hätte der schlittschuhlaufende Pörtschacher nicht im entscheidenden letzten Augenblick meiner ersten Welt die Unglücksstelle passiert oder wenigstens den roten Zipfel meiner Zipfelmütze in dieser Unglücksstelle nicht in die Tiefe sinken, in der sogenannten Versenkung verschwinden sehen, gäbe es mich nun schon seit über einem Vierteljahrhundert überhaupt nicht mehr, und ich wäre bereits seit über einem Vierteljahrhundert die WELLE EINER LETHE.

Ich habe als Bub den SUDDEN DEATH besiegt und so eine Art Zusatzexistenz spendiert oder eben aufgehalst bekommen. Ich bin ein Vierteljahrhundert lang nicht so richtig aufgetaut, die vollständige Wiedererwärmung ist mir im zweiten Leben nicht gelungen, und übel ist mir schon noch im großen und ganzen. Übel, schlecht und vor allem kalt. Ein Teil von mir, der nicht zu benennen ist, muß unten im Wasser geblieben sein. Ich heize hoffnungslos und krankhaft, KÜNSTLICHE WÄRME verursacht aber Kopfschmerzen. Neben meiner probaten Mittelfingermethode habe ich auch ein gut sortiertes Arsenal an Traurigkeiten. Ich hätte genügend Qual- und Elends- und Ekelbilder zur Verfügung, auch Bilder von Tod, Krankheit und Verwesung. Ich bin gezeichnet. Im großen und ganzen ist mein Weltbild heillos. Nur den „Schrei" verlernt man unter der Wasseroberfläche. Zwischen Fischen.

2

Am 16. Jänner 1912, also auf den Tag genau fünfundfünfzig Jahre vor meinem Untergang in der Pörtschacher Bucht, ist der Dichter Georg Heym beim Schlittschuhlaufen auf der Havel nahe Berlin eingebrochen und, weil er einerseits höchstwahrscheinlich keine rote Zipfelmütze auf dem Kopf getragen hatte und andererseits niemand außer seinem Freund Ernst Balcke, der aber selbst eingebrochen und ertrunken ist, zur Unglückszeit an der Unglücksstelle gewesen war, der Heym, sofern er eine rote Zipfelmütze getragen hätte, an seiner roten Zipfelmütze geistesgegenwärtig aus dem Wasser ziehen und Heym damit das Leben und das weitere Lebenswerk hätte retten können, mit dem SCHRECKEN wohl davon, aber nirgendwohin mehr gekommen und im Unterschied zu mir tatsächlich und endgültig ertrunken, das heißt: gestorben.

Georg Heym ist vierundzwanzig Jahre alt geworden, aber seine vierundzwanzig Jahre haben ihm genügt, um die Bilder von Erstarrung und Stagnation, von Untergang und Katastrophe, die Bilder von Tod, Krankheit und Verwesung, die ich verschwommen im Kopf habe und nicht herausbringe, wirklich zu malen, also niederzuschreiben. Selbst schwer krank war der der Krankheit verfallene Heym zeitlebens eigentlich nicht, aber wie ich ihn einschätze, hätte Heym zeitlebens von einer Krankheit überfallen werden können wie kein zweiter. Die Krankheit, die Heym heimgesucht hätte, wäre die heimtückischste aller heimtückischen Krankheiten gewesen. Heym hätte sich nicht wehren können, Heym wäre ausgeliefert gewesen. Das Kennzeichen der tragischen Seele ist, daß sie gegen nichts und niemanden immun ist. Das Kennzeichen der tragischen Seele ist, daß sich sämtliche Möglichkeiten des Fürchterlichen in höchster Konzentration in ihr fokussieren. Was Tragisches schließlich auch noch wirklich und akut wird, ist dabei schon eher nebensächlich. „Meine Seele ist eine Schlange, die ist schon lange tot“, beginnt eines der letzten Gedichte von Georg Heym. Der Expressionist als Existentialist und Defätist und Tragiker. Der Seher als Schwarzseher, als düsterer Visionär. Eigentlich geht es ja nicht recht zusammen, daß ein dem Tod und der Krankheit und dem Verwesen verfallener Charakter in seiner Freizeit quietschvergnügt und munter Schlittschuh läuft; daß einer, der als Seele eine seit langem tote Schlange beherbergt, ausgerechnet an einem frostigen sechzehnten Jänner seine tote Schlange aus dem Haus und in die nasse Kälte und auf die glitschige Havel jagt, ist schwer nachvollziehbar. Die Literaturwissenschaft und die Sportwissenschaft schweigen sich aus. Eigentlich möchte man vermuten, daß ein solcher Vollblutdesperado am Morgen erst gar nicht aus dem Bett kriecht und vor allem im Winter prophylaktisch niedergeschlagen und katastrophobisch unter der Tuchent bleibt oder sich in verrauchten Wirtshaushinterzimmern dem Feuerwasser und der Selbstzerstörung und dem Ich-Zerfall ergibt, die ihn möglicherweise in die Nervenheilanstalt, aber nie und nimmer in die Eisarena bringen, aber vielleicht ist der wochenlang unter der Tuchent bleibende oder sich im Wirtshaushinterzimmer dem Feuerwasser ergebende, schwer depressiv dahinsiechende und dem Tod und der Krankheit und dem Verwesen Verfallene bloß ein Klischee.

Was Klischees und Depressionen betrifft, kenne ich mich recht gut aus, das Klischee, daß Klischees nicht zutreffen und die Menschen in der geistigen Lage sind, zu Wahrheit und Authentizität zu kommen, mitinbegriffen. So habe ich einmal den gutgemeinten Depressionsfragebogen eines Pharmaziekonzerns prophylaktisch wie folgt ausgefüllt:

1.) Ich fühle mich bedrückt, schwermütig und traurig: meistens oder immer.
2.) Morgens fühle ich mich am besten: nie und nimmer.
3.) Ich kann nachts schlecht schlafen: oft.
4.) Sex macht mir immer noch Freude: nie oder selten (direkter Sex hat mir aber noch nie direkte Freude verursacht. Das Problem ist, daß es so schwer ist, beim Sex Intimität zu vermeiden. Während der Geschichte kann man seine Partnerin schlecht siezen. So einer bin ich. Und dann: Was dabei herauskommen kann! Von den Geschlechtskrankheiten und der Immunitätsverletzung einmal ganz abgesehen).
5.) Ich werde grundlos müde: doch, doch.
6.) Ich kann so klar denken wie immer: nie oder selten. (Ich habe aber noch nie gar so klar denken können, und ich halte auch nicht gar so viel davon. Die Gedanken der Leute, die sagen, daß sie klar denken können, entpuppen sich schnell als eine Art als Gedanke getarnte Gedankenlosigkeit, und sie haben daher auch immer ein Sprachrohr nötig, das klar sagt, was sie klar denken. Meine Sprachrohre hingegen sind alle tot.)
7.) Ich tue Dinge, die ich früher tat, immer noch gern: manchmal. (Zum Beispiel die Auseinandersetzung mit verpfuschten Existenzen von Dichtern, Malern, Musikern und sonstigen Todgeweihten. Pascal etwa mag ich neben seinem Traktat über den horror vacui vor allem wegen seiner Koliken und Kopfneuralgien; Gustav Mahler neben seiner Sechsten Symphonie, weil er bei jeder möglichen und unmöglichen Gelegenheit einfach stehengeblieben ist, seine Pulsschläge gezählt und auch die Außenwelt ganz energisch aufgefordert hat, seine Pulsschläge mitzuzählen; Flaubert, eine ganz liebe Zufallsbekanntschaft, weil Flauberts Vater dem zwischen zwei geschwisterlichen Totgeburten geborenen Flaubert anläßlich seiner Geburt vorsorglich ein kleines Grab ausgehoben hat. Überraschenderweise überlebt

Flaubert, verbringt aber seine ganze Kindheit mit einem Finger im Mund, worauf ihm später alle bis auf einen Zahn ausfallen. Und so weiter im Text).

8.) Ich sehe voller Hoffnung in die Zukunft: nie oder selten. (Ich bin ja nicht blöd. Und vor allem nicht kurzsichtig).

9.) Ich glaube, daß ich nützlich bin und daß man mich braucht: nie oder selten. (Ich bin da mit meiner Umwelt weitgehend einer Meinung).

10.) Ich habe das Gefühl, daß es für andere besser wäre, wenn ich tot bin: meistens oder immer. (Aber das ist das Problem der anderen. Ich bin ja kein Altruist.)

So bin ich spielend auf die Rekordpunkteanzahl von 48 gekommen und hätte „unbedingt mit meinem Arzt über das Testergebnis sprechen sollen, da ich mit meinen Schwierigkeiten schon ziemlich zu kämpfen habe und mit ihnen alleine nicht zu Rande komme". Ich hätte den Testbogen gleich in die Ordination mitnehmen sollen, er hätte meinem Arzt nämlich eine große Hilfe bei der Beurteilung meiner Verfassung sein können. Ich bin aber nicht zu meinem Arzt gegangen, denn mein Arzt hätte mir ja keine bessere Welt und kein transzendentales Tauwetter und kein schöneres Leben, sondern bloß Antidepressiva und die Überweisung zu einem erfahrenen Psychotherapeuten anbieten können, der mir wirklich zuhört und mich versteht, und da bleibe ich doch lieber, der ich bin. Ich denke, damit spreche ich auch im Sinn Georg Heyms. Das einzig wirkliche Eigentum ist die Unzufriedenheit, das wird man sich doch nicht freiwillig herausoperieren lassen. Exkurs Ende.

Warum jedenfalls soll ein noch so trostloser Gemütspatient nicht Schlittschuh laufen? Vielleicht fragen sich umgekehrt auch viele Schlittschuhläufer und Eishockeyspieler, warum sollen Schlittschuhläufer und Eishockeyspieler nicht innerlich tot und rein privat der Krankheit und dem Verwesen verfallen sein. Warum soll Georg Heym, vom Dichten der Strophe

DIE VÖGEL ABER WERDEN NICHT MEHR KOMMEN
LEER WIRD DAS SCHILF UND SEINE UFER BLEIBEN,
UND GROSSE KÄHNE IN DER SOMMERSTILLE
IN GRÜNER HÜGEL TOTER SCHATTEN TREIBEN

kommend, neben seinem aus „operativer Selbstverwandlung“ entstandenen „lyrischen Ich“ nicht auch noch seinen Titan, das ist ein nach einem von Zeus in die Unterwelt gestürzten rebellischen Riesen benannter Eishockeystock, mit auf die Havel geschleppt haben? Heym selbst bekennt schließlich in einer Tagebucheintragung keine zwei Monate vor seinem Tod, daß bloß seine „Phantasie“ gegen ihn aufgetreten sei und nicht mehr wolle, wie er wolle. „Meine Phantasie, meine Seele, sie haben Angst und rennen wie verzweifelt in ihrem Käfig. Ich kann sie nicht mehr fangen...“ Genauso hat die moderne Sportpsychologie mittlerweile längst erkannt, daß manch ein Sportereignis „im Kopf“ entschieden wird und daß manch ein Debakel passiert, weil es im „geistigen und mentalen Bereich“ hapert, allen prächtigen Muskelbergen zum Trotz. Der Klagenfurter Eishockeymannschaft geht es zum Beispiel so. Im Unterschied zu seinem filigranen lyrischen Ich wird der „Heym an sich“, sozusagen sein prosaisches Ich, von seinen Zeitgenossen als geradezu „unanständig gesund“ beschrieben, als mittelgroß, stämmig, fast athletisch mit ganz kurzem Hals; blaue Augen, die gut, klar und energisch in die Welt blickten und wirklich aus einem Inneren kamen, gesunde rote Wangen, sinnliche Lippen und ein burschikoser, dunkelblonder Haarschopf“. Das heißt: Eine für dynamisches Powerplay geradezu prädestinierte Physiognomie.

Theoretisch kann ein äußerlich stabiler und gesunder Schlittschuhläufer und Eishockeyspieler also innerlich ohne weiteres zerfressen, verzagt und existentiell schwarzgal-

lig sein, sich von seiner Vergänglichkeit martern und sich von seiner erbärmlichen Position im Kosmos in Panik bringen lassen, auch wenn ich bis heute noch keinen Eishockeyspieler in drastischen, expressiven Bildern von Tod und Verwesung erzählen gehört habe; von Bandscheibenvorfällen und Wirbelverletzungen schon, von Schulterluxationen und Muskelfasereinrissen, von Kieferfrakturen und Schlüsselbeinbrüchen, von Bänderrissen und Schleimbeutelentzündungen und Zehenprellungen, von ausgeschlagenen Zähnen und eingetretenen Augen und Nasenbeinbrüchen, von Oberschenkelzerrungen und Fingerquetschungen und Meniskusschäden und Gehirnerschütterungen, auch von Gehirnblutungen, von blutenden Cuts auf der Stirne und Ohnmächten nach „unerlaubtem Körperangriff", „übertriebener Härte" und „gefährlichem Spiel mit dem hohen Titan", oder, wie Freund Heym selbst es formuliert hätte,
AUS VIELEN PFÜTZEN DAMPFT DES BLUTES RAUCH
und
IM KÜHLEN WINDE FRIERT NOCH DAS GEWIMMER
und
HIER KLAFFT EIN MAUL, DAS ZAHNLOS AUF SICH REISST
HIER HEBT SICH ZWEIER ARME SCHWARZER STUMPF
und schließlich
ES SPIELTEN KINDER, DENEN FRÜH MAN BRACH
DIE GLIEDERCHEN. SIE SPRINGEN AN DEN KRÜCKEN
WIE FLÖHE WEIT UND HUMPELN VOLL ENTZÜCKEN...

3

Es spielten Kinder, Klagenfurt (ich) gegen Villach (Kain), nach meinem Untergang allerdings in der scheinbaren Sicherheit des Kinderzimmers, Parkettboden statt Eis, der Puck, also die Hartgummischeibe, die Stöcke und die Tore waren aus Spielzeugbausteinen nachgebaut, die Helme aus Pappkarton, nur die Spieler waren „echt". Kain war wütend, weil ich auch die Regie übernommen und ihm die Rolle des Feindes zugewiesen hatte. Der Erzrivale griff also meinen Körper unerlaubt an, stieß ihn gegen die Kleiderkastenkante, und das Ergebnis war eine ganz echte Platzwunde am Hinterkopf und ein signifikantes Blutvergießen. Damit war das Spiel entschieden und ich im Krankenhaus in der Notaufnahme außer Gefecht. Mit der Nadel in der Hand meinte der Oberarzt lapidar, ein Indianer kenne keinen Schmerz, mit dem Loch im Kopf antwortete ich lapidar, ein Indianer spiele nicht Eishockey.

Ein Loch im Kopf ist mir nicht im medizinisch somatischen, aber in einem übertragenen, sagen wir: psychophilosophischen Sinn bis heute geblieben, und es kommt niemand, es zu stopfen. Ich verlasse meine Wohnung schon wegen des verheerenden Testbogenresultats nur äußerst selten, beherzige Wärmeflasche, Wollsocken, Tee und ähnliche schulmedizinische Freundlichkeiten und führe eine hauptsächlich im verzweifelt eingeheizten Existierersatzzimmer angesiedelte Existenz, das heißt, ich nütze die anfallenden Mietkosten Monat für Monat nahezu hundertprozentig aus. Mein Existierersatzzimmer führt automatisch zu den Zentralheizungskopfschmerzen und den Zentralheizungsschwindelanfällen, die ich acht Monate im Jahr nicht losbekomme. Alles, was ich hier geschrieben habe und schreibe und schreiben werde, ist unter Zentralheizungskopfschmerzen geschrieben. Unter denselben Zentralheizungskopfschmerzen schreibe ich heute an meiner Dissertation, das ist eine – sagen wir: – psychophilosophische Visitenkarte, und ursprünglich hätte dieses mein Loch im Kopf den Ausgangspunkt für diese meine Dissertation über das Loch an sich darstellen sollen, über die plötzliche Bodenlosigkeit unter den Beinen und die plötzliche Bodenlosigkeit im Kopf. Im Lauf der Beschäftigung mit meiner Dissertation habe ich aber bald umdisponiert und das gewissermaßen noch viel ursprünglichere Loch im See, in das ich gefallen und in dem mein Urzutrauen zum Planeten versunken ist und im Unterschied zu mir nicht mehr geborgen worden ist, als Meditationsausgangspunkt meiner Dissertation genommen. Nun sammle ich Gefährten, eine Mannschaft aus Mitwissern. Ausgehend von den 16. Jännern 1967 und 1912 befaßt sich die Dissertation mit Einbrüchen und Untergängen, mit Georg Heym und Edvard Munch, mit mir und meinesgleichen, mit dem Expressionismus unter besonderer Berücksichtigung von Art und Wesen des Kärntner Regionalexpressionismus, der expressionistischen Endmoräne in den Becken südlich des Alpenhauptkamms. Mich interessieren Marginalien, Peripherien, Minderheiten, Kleinlebewesen, Haarspaltereien.

Meine Dissertation über die Auslaufrichtungen des nordeuropäischen Großexpressionismus im Kärntner Kleinexpressionismus ist selbstverständlich eine Geheimdissertation, ein Solo, das heißt, daß niemand und vor allem kein Dissertationsvater vom Entstehen meiner Dissertation unterrichtet ist. Ich unterrichte nicht. Ich werde mich hüten, jemanden von meiner Gravidität zu informieren, ich werde mich hüten, mich in überflüssigen Dissertantenseminaren vom Dozentenultraschall untersuchen zu lassen und in Dissertationstrainingslagern Mannschaftsgeist und Unterordnung einzustudieren, als sei es sonderlich ehrenvoll, Schräubchen einer Maschine zu sein, die zu nichts gut ist.

Um ein Haar und eine Zipfelmütze wäre ich überhaupt nicht mehr auf der Welt, was werde ich mir da auf dieser Welt noch sagen und auftragen lassen. Die Stillende Mutter tritt erst postnatal in Kraft, abgesehen davon will ich gar nicht GESTILLT werden. Der sogenannte Dissertationsvater wird die Dissertation zu Gesicht bekommen, sobald sie in Leinen gebunden, also entbunden ist, nicht einen Tag früher. Ich nenne die Dissertation Dissertation, und er kann die von mir sogenannte Dissertation zur Dissertation ernennen. Aber auf alle Fälle bin ICH der Dissertationsvater meiner Dissertation, nicht der sogenannte Dissertationsvater, ich werde den Dissertationsvater zum Stiefvater machen, das ist noch immer mehr als genug. Ein Vater soll nicht beurteilen, ein Beurteiler nicht vaterln. Wenn die Dissertation fertig ist und der Dissertationsstiefvater sie gesehen und angenommen hat, kann sie der Vater, der Dissertationsgroßvater gewissermaßen, sehen, und dann meinetwegen der Rest der Welt, angefangen beim Nachbarn unter mir, aber ich gehe gelassen davon aus, daß der Rest der Welt samt Nachbar gar kein sonderliches Interesse daran haben wird, meine Dissertation über den Kärntner Kleinexpressionismus zu sehen oder gar zu lesen. Ich glaube nicht, daß mein Dissertationssolo nützlich ist und daß man es braucht. Ich möchte nur einmal sehen, wie es sich so als Vollakademiker lebt.

4

Wer sich professionell oder semiprofessionell ständig zwischen konkreten Gehirnerschütterungen und konkreten Bandscheibenvorfällen bewegt, muß freilich nicht auch noch in seiner Freizeit andauernd vom Tod plaudern, da genügt es vollauf, die Wonnen von Voltaren zur Sprache zu bringen. Im Fall des Falles findet eine Trauerminute statt, die ist eine Art Time-out, in dem der Platzsprecher die wichtigsten Werke des verstorbenen Champions verliest und abschließend noch einmal ganz herzlich Dankeschön sagt. Eine Trauerminute dauert sechzig Sekunden, man kann auch in Trauerzehntel und Hundertstel umrechnen, dann pfeift der Schiedsrichter die Trauerminute ab und die Eishockeyschlacht wieder an, dann ist der Spuk vorüber. Die Trauerminute ist eine der praktischsten Einrichtungen der Sportwelt. Die Dosis macht das Gift.

Außerdem passiert der konkrete Tod innerhalb des Eisrinks wirklich eher selten, desto seltener in der Halle auf KUNSTEIS, unter dem kein Wasser und kein Abgrund und kein Poseidon lauern, in der Kunsteishalle kann man bloß metaphorisch untergehen, gegen Zell am See etwa, nicht im Zeller See. Wenn, dann findet der Tod außerhalb des Eisrinks, auf den Zuseherreihen statt, in Gestalt von Gehirnschlägen und Kreislaufversagen und Herzinfarkten nämlich infolge übertriebener Loyalität und Solidarisierung und Identifizierung mit dem Verein. Wenn ein Herz sein Leben lang für den Klagenfurter Athletikclub, für die sogenannten ROTJACKEN schlägt, dann hat dieses Herz in einer Welt, in der VEU FELDKIRCH den KAC auf die unbarmherzigste Weise auswärts besiegt, natürlich nichts mehr verloren, und es implodiert. Eine solche Schmach hat konsequenterweise die ontologische Trennung vom Saisonabonnement und den sofortigen Selbstmord der Innereien zur Folge, und übrig bleiben, wieder mit Heym gesprochen,

DIE GREISE UNTEN, TRÜB IM LAMPENSCHIMMER,

übrig bleibt, etwas abseits der Hitze des Gefechts, vom Nervenkitzel mitgenommen,

EIN UNGEHEURER SCHÄDEL, WEISS UND TOT.

So haben die Eishockeyspieler zwischen ihren Gehirnerschütterungen und Bandscheibenvorfällen als Zuseher der Zuseher dann und wann auch ihre tatsächlichen Todeserlebnisse und werden schwitzend und keuchend und grimmige Grimassen schneidend mitunter doch zum Nachdenken über Abschlußschwächen in metaphysischen Dimensionen angeregt, das nehme ich zumindest an. Der nicht im mindesten dem Tod und der Krankheit und dem Verwesen verfallene Eishockeybundesligaspieler ist sicher ein ebensolches Klischee wie der nicht im mindesten schlittschuhlaufende und eishockeyspielende Melancholiker. Der mehr oder weniger gedankenlos in den Tag hineinlebende und mehr oder weniger gedankenlos in die Holzbande hineinkrachende Eishockeyspieler ist ein nie und nimmer aufrechtzuerhaltender Gemeinplatz, im Gegenteil bin ich davon überzeugt, daß auch beim Eishockeyspieler ein mindestens rezessives lyrisches Ich vorhanden ist, nur ist das lyrische Ich der Eishockeyspieler im Unterschied zum lyrischen Ich lyrischer Menschen durch Helm und Gesichtsgitter und Zahnschutz und Brustschutz und Ellbogenschutz und Knieschutz und Schienbeinschutz und Genitalschutz oder TIEFschutz gepanzert und effektvoll und hermetisch von der rauhen Außenwelt abgeschirmt. Die Torhüter tragen eine eigene Maske und sind schon allein dadurch tief in der abendländischen Kulturgeschichte verwurzelt.

Wo ein lyrisches Ich ist, ist auch das intellektuelle Ich

nicht weit. Wenn eine Mannschaft so gut verlieren kann, das heißt: so erfolglos spielt wie in den letzten Jahren die Rotjacken, dann ist das geradezu ein Intelligenzbeweis und ein Indiz für das rapide Wachstum der geistigen Fähigkeiten der Eisläufer, auch wenn gesagt werden muß, daß der Mannschaft durch eine so durchtrainierte Intelligenz die „Unmittelbarkeit", das heißt: der bedingungslose letzte Einsatz, der „volle Biß", der „Killerinstinkt", das heroische „Auf-dem-Zahnfleisch-daherkriechen", der absolute Wille zum Sieg und zum Gemetzel ein wenig abhanden kommt. Wie in vielen anderen Bereichen des Lebens kann man Intelligenz auch als Krisensymptom sehen. Zum „stabilen Tief" der Rotjacken und zur bedrohlichen Vision einer „komplett danebengehenden Saison" interviewt, meinte der Obmann, sein Team sei „am Papier" wie am Eis die „intelligenteste Mannschaft der Bundesliga". Neben zwei „Vollakademikern" stünden in den Reihen des KAC zehn Studenten und Mittelschüler, hingegen viel zu wenig Rohlinge mit Hausverstand, Naturburschen, Wurzelseppen, Waldschratte, Killer und Gewaltverbrecher. Diese Vollundviertelakademikerschwemme im Lager der Rotjacken mache ihm Sorgen für die Zukunft, bekannte der Obmann, es bereite ihm Kopfzerbrechen, daß sich seine Spieler überall und über alles den Kopf zerbrechen, nur dort nicht, wo sie sich wirklich den Kopf zerbrechen sollten. „Dauerndes Nachdenken" könne durchaus schädlich sein, meinte der Obmann, selbst Vollakademiker. Der Eishockeyspieler, der sich von der toten Schlange in sich in Versuchung führen läßt und vom Baum der Erkenntnis ißt, stürzt sich ins Erkenntnissodbrennen und ins Unglück und ist dem Untergang, dem „Schlußlicht", der „roten Laterne" geweiht. Er wird deklassiert, und er steigt ab. Sehr interessant, muß ich sagen, das paßt mir ausgezeichnet ins Konzept.

Die unheilvolle Symbiose von Eishockeyverein u n d Universität innerhalb der Mauern einer einzigen Stadt widerstrebt der nostalgischen Forderung des Obmanns, ZURÜCK ZUR NATUR, das heißt, zurück zum Tierischen, sofortiger Ich-Verzicht, sofortige bedingungslose Ich-Ausschaltung mittels operativer Selbstverwandlung, siehe Heym. Tatsächlich gibt es seit Jahren immer wieder Bestrebungen, einerseits eine neue und viel größere und viel pompösere Eisarena zu bauen, und dafür andererseits die Universität, diese Stätte der Subversion und Dekadenz und Verschlappung, samt und sonders zuzusperren und aufzulösen. Früher einmal hatte die Stillende Mutter außerdem eine ganz enorme linke Brust, pfui Teufel. Angeblich nehmen diese Bestrebungen im Wissenschaftsministerium ihren Ausgang, aber ich bin mir da nicht so sicher. Es kann kein Zufall sein, daß das Universitätsniederreißungsgerede immer ausgerechnet dann laut wird, wenn es um die Rotjacken leise wird. Ich muß meine Dissertation auf jeden Fall fertiggeschrieben haben, bevor der KAC abgestiegen ist, damit ich noch ein Haus habe, das sie annimmt.

5

Wie der Zufall es will, lebe und schreibe und fröstle ich nun schon seit über einem Jahr in einem Wohnhaus mit dem berühmten Eishockeybundesligaspieler und Nationalmannschaftskapitän Severin Sereinig, nur durch ein einziges Stockwerk von der Rotjacke getrennt, sodaß ich die eindrucksvollen und für meine Arbeit zweckdienlichen Untergangsvisionen des KAC-Obmanns bequem nachprüfen kann, ohne lange recherchieren zu müssen.

Auch Severin Sereinig studiert, zwar nicht Philosophie oder Psychologie oder Poetik, sondern Betriebswirtschaft, aber das ist immer noch schlimmer als gar nichts, die zumindest latente Gefahr „dauernden Nachdenkens“ läßt sich auch bei einem Betriebswissenschaftler nicht völlig ausschließen. Das dauernde Nachdenken über Betriebsinformatik, Bilanzierung, Bilanzpolitik, Unternehmensrechnung und das sichere Auftreten im gesellschaftlichen Leben mit ausländischen Geschäftspartnern ist natürlich etwas grundsätzlich anderes als das dauernde Nachdenken über sich selbst. Selten kommt es vor, daß die Phantasie des Handelswissenschaftlers gegen den Handelswissenschaftler auftritt. Horror vacui ist im Studienplan nicht vorgesehen, das dauernde Nachdenken des Handelswissenschaftlers kann im Fall von Brot und Spielen, Wein, Weib und Gesang, Spritztouren und sonstigen Gustostückchen des gesellschaftlichen Lebens prompt und ohne große Einbuße abgestellt werden. Daß beispielsweise das ZURÜCK ZUR NATUR für sich selbst betrachtet genaugenommen ohnehin nur eine Frage der Zeit ist, verdirbt dem Denker rer. soc. oec. nur selten den Appetit, jedenfalls nicht berufsbedingt. Allfällige tote Reptilien sind garantiert in Gürtel, Jacken und Handtaschen umgearbeitet. Und so sehr haben Severin das Studium elendslanger Skripten über Bausteine flexibler Automation, Endbenutzersprachen und Euromarketingstrukturen und seine Kontakte mit den filigranen Universitätsjammergestalten bislang tatsächlich noch nicht in MITLEIDENSCHAFT GEZOGEN, daß er zum Glück der Masse nicht mit roten Wangen, einem mittelgroßen, stämmigen, athletischen Körper und „unanständiger Gesundheit“ aufwarten könnte. Er liest seine elendslangen Skripten liegestützend, und während er die Merksätze auswendig mehr oder weniger gedankenlos vor sich hersagt, stemmt er mit beiden Händen Eisengewichte in die Höhe. Das mag zwar wieder ein Klischee sein, aber Severins Oberarme könnten mir durchaus als Oberschenkel dienen. Seine Anhänger auf den Stehplätzen, vor allem die weiblichen, nennen ihn infolge seiner roten Wangen, sinnlichen Lippen, burschikosen Frisur und seiner blauen, gut, klar und energisch in die Welt blickenden und wirklich aus einem Inneren, woher auch sonst, kommenden Augen in ihrer eigenen Endbenutzersprache liebevoll SUGAR SEREINIG, gelegentlich auch SUPER SEVERIN, und sie träumen insgeheim von Wochenend und Sonnenschein und Spritztouren an Sugars Seite, vom devoten Genuß unter seiner Kraft und Herrlichkeit. Die Anhänger seiner Gegner nennen ihn TIER. Das ist nicht eigentlich als Kompliment gemeint, kann aber doch zumindest eishockeyintern auch so verstanden werden. Die Journalisten und Adabeis der Sportpresse haben sich infolge seiner unanständigen Gesundheit und seines stämmigen, athletischen Körpers ehrfurchtsvoll auf KARAWANKENBÄR eingeschossen, wie schon Sugars Vater, der legendäre Sepp Sereinig, der noch ein Wurzelsepp im klassischen Sinn war, KARAWANKENBÄR genannt wurde und heute als Urvater der Karawankenbärendynastie gilt. Bei den Sportlern gilt es noch heute als Ehre und Qualitätszeugnis, mit dem berühmten Vater verglichen oder sogar nach dem Vater genannt zu werden. Die schwedischen Weltmeister heißen Larsson, Nilsson, Svenson, Gustafson, Johanson, Karlson, Erikson. Seine genetische Souveränität ist für einen Champion kein Thema. Wenn es somatisch wird, sind gute Gene gut. Georg Heym hingegen hat es immer sehr gekränkt, ein Schüler seines „geistigen Vaters" Stefan George genannt zu werden, GEORG GEORGESON mußte er als Demütigung und Herabwürdigung und einen perfiden Einordnungsversuch empfinden. Als üble Nachrede und Urheberrechtsverletzung. Der Schöpfer von Geisteswerken taucht aus dem Nichts hervor, entsteigt meinetwegen dem Wasser, ist plötzlich da mit seiner Aureole und leuchtet wie die Sonne; wenn schon, dann wird er von den Elementen selbst geboren. Seine Herkunft muß mysteriös bleiben, notfalls muß man das Mysterium erfinden. Nie und nimmer dürfen Mama und Papa mit ihm üben, und sie dürfen auch nicht zur Lesung und zum Konzert und zur Vernissage mitkommen. Der Schöpfer will seinerseits kein Geschöpf sein.

Wenn freilich ein wütender Grazer Elephant, ein Pinzgauer Eisbär oder ein Villacher Adler mit schaumverschmierter Schnauze (Schnabel/Rüssel) dahertrampelt (trappelt/flattert), um den Karawankenbären medienwirksam zu verprügeln (zertreten/zerquetschen/zerhacken), kann ich mir allerdings schon vorstellen, daß sich der latent ichhältige Karawankenbärensohn bei aller Altenehrung und noch so oberschenkelvoll irgendwann einmal fragt, WELCHEN SINN es denn hätte, sich auf einen jahrzehntelangen permanenten Raufhandel mit dem restlichen Bundesligazoo einzulassen, wie bereits der Karawankenbärenvater die Elephanten und Eisbären seiner Generation, selbst allmählich zum zahnlosen Krüppel werdend, in jahrzehntelanger Kleinarbeit zu zahnlosen Krüppeln geschlagen hat, um schließlich im Rahmen einer Spritztour einen Karawankenbärenenkel zu zeugen und in eine Welt zu setzen, aus der ihm erst wieder nur das Erbe der Ahnen hochhaltende, blutrünstige Grazer Elephantenenkel, Pinzgauer Eisbärenenkel und Villacher Adlerenkel wutentbrannt und zähnefletschend entgegenkommen, die Flügel schwingend, die Klauen wetzend, mit der Tatze fuchtelnd, den Rüssel schnalzend, Faustrecht und Hackordnung ad infinitum, zum Glück der Masse eine unaufhörliche Fehde bis zum Jüngsten Gericht, wo sämtliche Platzwunden und sämtliche Bundesligaresultate und Disziplinarstrafminuten erbarmungslos zusammengezählt werden, wo der böseste der sogenannten „bösen Buben", der immunitätsgenießende Repräsentationskriminelle, der „Strafzeitenkönig", der „Kühlboxkaiser" seine Krone aufgesetzt bekommt, in Ewigkeit amen.

Die Mutation, das ist: die dramatische, sprunghafte Wende im Weltbild und in der Geisteshaltung zweier Generationen, kommt im Vergleich zweier Interviews gewissermaßen eindrucksvoll zum Ausdruck: Während noch der von flexibler Automation nicht die geringste Ahnung habende und daher unverfälschte und unverwüstliche Karawankenbärenvater, der vor allem gegen Ende seiner aktiven Karriere hin immer wenn er redete, ein wenig so klang, als würde er Pudding mampfen, mit seinem gar nicht Wortschatz zu nennenden Wortschatz bekannte, Eishockey sei sein Leben, äußert sich der bereits ein wenig verfälschte und verwüstliche, weil von den verschrobenen Gehirnauswürfen der Intellektualitätsjammergestalten infizierte Karawankenbärensohn mit klar artikulierten und geradezu ausgesuchten Worten dahingehend, daß im Leben außer Eishockey theoretisch und prinzipiell auch noch andere Werte möglich seien. Welche konkret, offenbarte Sugar vorderhand allerdings nicht. Mit seiner kryptischen These hat sich der Karawankenbärensohn jedenfalls nicht nur Freunde gemacht. Gerade bei Auswärtsspielen hört man seither immer wieder die rhythmische Parole: SEREINIG, DU PSYCHO!, und vor allem für den Karawankenbärenvater und dessen zittriges Unterkiefer müssen die Außereishockeylebenswerte seines eigenen Fleisches und Blutes wie ein Schlag ins Gesicht gewesen sein, ein brain check sondergleichen. Zähne sind schließlich auch nicht alles, siehe Flaubert, nach Eigenaussage übrigens selbst Bär, aber wie sollte er, Sereinig der Ältere, das verlautbaren.

Wie Sugar am Eis in voller Montur so vor sich hingrübelt und meditiert, hat ihm ein renitenter Villacher Adler ohne jede teleologische Erörterung auch schon geistesgegenwärtig eine Platzwunde in die Stirn gehackt, mit welcher es sich nur sehr unbequem weiterdenken ließe, und so degeneriert und vergandhisiert ist der Karawankenbärensohn bei aller theoretischen Verwüstlichkeit auch wieder nicht, daß er sich als Sofortmaßnahme nicht prompt den Villacher Adler greift und so lange würgt und rupft, bis ein armselig zappelndes Henderl daraus entstanden ist. Ein Truthahn. Ein Indian, ein Schmerzverzerrter. Es besteht noch Hoffnung.

6

Während es im Pinzgau keine WIRKLICHEN Eisbären und auch in der freien Wildbahn des Grazer Beckens keine Elephanten gibt, wie man sie aus der Zoologie kennt, leben in den Karawanken außer den metaphorischen übrigens auch vereinzelte LEBENSECHTE Karawankenbären, das sind Braunbären, an und für sich friedliebende, zottelige Vegetarier, die sich also hauptsächlich von Pflanzen und Früchten, fallweise von Insekten und Würmern ernähren, Adler, Elephanten, Geier, Löwen, Pinguine oder Zebras stehen realkulinarisch nicht auf der Speisekarte. Überhaupt ist der Karawankenbär wie seine Artgenossen in erster Linie an einer beschaulichen Existenz interessiert und für Duelle, gleich welcher Art, nicht zu haben. Ob sich Klagenfurter mit Villachern duellieren, die sogenannten Deutschkärntner mit den Slowenen, er ergreift nicht Partei. Ortstafeln sind ihm ein Haufen Blech. Der Karawankenbär ist menschenscheu, und sicheres Auftreten in der Gesellschaft ist ihm ebenso fremd wie einem richtig expressionistischen Lyriker. Er weiß, was Hunger heißt, was Erfolgshunger heißt, weiß er nicht. Seine Oberschenkel sind natürlich enorm.

Viele Bauern der kleinen Unterkärntner Gemeinden, die abends zur Entspannung, das heißt zum AGGRESSIONSABBAU oder DEPRESSIONSABBAU und zum STELLVERTRETERKRIEG nach Klagenfurt in die Stadthalle, in den Zoo und in den Zirkus fahren und der Karawankenbärenmetapher in ihrer Auseinandersetzung mit dem minderwertigen Auswärtsgetier auf der Tribüne beistehen und zujubeln und sie, die Metapher, grölend zu Körperbetonung und Feindeinwirkung und zu Härte und zum Totschlag und zum Schädeldeckeneinhauen und zur Tierkadaververwertung „animieren“, das heißt ANIMALIEREN, manchmal auch wortwörtlich fordern, den Gegner IN DIE PFANNE ZU HAUEN und MIT HAUT UND HAAREN AUFZUFRESSEN, wechseln – wieder heim in den eigentlichen Krieg gegen die Tücken der Wildnis gekommen – prompt die Fronten und haben im ORIGINAL der DINGWELT, im eigentlichen Karawankenbären vor allem jetzt nach dem Zusammenbruch des Kommunismus und Belgradsloweniens ein fürchterliches Feindbild. Wenn nämlich der Winter zu hart und zu lang wird und der eigentliche Karawankenbär im Karawankengebiet einmal zu wenig Pflanzen, Früchte, Würmer und Insekten findet, kann es nämlich passieren, daß er das kalorienarme vegetarische Picknick bleiben läßt und sich bei allem Pazifismus an den üppigen Schafherden der Unterkärntner Landwirte alimentär schadlos hält. In dem Fall heißt er PROBLEMBÄR, und es kann passieren, daß der solchermaßen vollgefressene Karawankenbär und sein Cholesterinspiegel daraufhin die eigentliche Feindeinwirkung, die Härte, den Totschlag und das Schädeldeckeneinhauen der Unterkärntner Schafhalter und außerdem die Präzision der Jagdgewehre aus Ferlach zu spüren bekommt. Nicht metaphorisch. Tatsächlich. Bumm.

Mich stören die Karawankenbären gar nicht, im Gegenteil denken wir politisch ähnlich, aber zu den Karawanken, zu den Problemkarawanken, die noch die Pörtschacher Aussicht nach Süden hin derartig dominieren, daß Pörtschacher Grandhotels diesen KARAWANKENBLICK in ihren Werbeprospekten unverständlicherweise als Attraktion ausgeben, habe ich seit meinem Pörtschacher Kälteschock ein ganz unmittelbar gestörtes Verhältnis. Das düstere Gebirg war der allerletzte Anblick meines ersten Lebens, bevor ich im Eiswasser verschwunden bin. Wer wie ich über ein so profundes Schüttelfrosttrauma und über letzten Endes aus dem Schüttelfrosttrauma resultierende Dauerzentralheizungskopfschmerzen verfügt, weiß, was es bedeutet, im südlichsten und gleichzeitig vom Süden am brutalsten und jähesten abgeschnittenen Bundesland zu leben. Ich habe eine ganz unmittelbare Empfindung dafür, daß es ein LEIDEN AN DER LANDSCHAFT gibt, eine Geopathie, ein Schmachten vor dem Gebirge. Hier ist ein Land des Nordens, nur durch die Tunnel dringt ein spärlicher, schwarzgewordener Süden, aber hier ist, weil es das letzte Land des Nordens ist, kein nordländisches Bewußtsein und keine nordländische Seele mehr. Es ist das Land des Nordens, das die Seele des Südens probiert, aber weil die Seele hier nicht die Landschaft und die Luft zur Verfügung hat, die sie braucht, modert sie. Es ist, soweit es ein deutschsprachiges Land ist, das unglücklichste deutsche Land, soweit es ein slowenisches Land ist, das unglücklichste slowenische Land. Wo das Deutsche im großen und ganzen zuende geht, geht im großen und ganzen auch das Eishockey zuende. An den Karawanken staut sich der ganze Frust und wahrscheinlich der ganze Neid auf den Appenin, den Balkan und den Peloponnes, daß der Appenin, der Balkan und der Peloponnes kein Eishockey notwendig haben. Und es ist meteorologisch deprimierend und bedenklich genug, daß es hier eine politische Bewegung gibt, die ausgerechnet einen Schal zu ihrem Markenzeichen und damit auch noch Furore machen kann.

Mit Nietzsche teile ich, obwohl von Nietzsche kein nennenswerter Eislaufunfall überliefert ist, die Wotan und kalte Füße betreffende Abneigung; Vor Schattseiten, Kaltluftbereichen und Nebellöchern bei Inversionswetterlage schaudert es mich. Sogar Hals, Nase, Ohren sind diesbezüglich mit meiner Seele einer Meinung. Mit Nietzsche teile ich die Sehnsucht nach Wärme und Schönwetter, Feuer und Anmut; dem Tanz der Sterne, der übermütigen Geistigkeit, nach den Lichtschaudern des Südens, nach dem glatten Meer. Die Linie, wo der Ozean an Land kommt – am Meer bin ich so übermütig, daß ich schon zur Adria ungeniert OZEAN sage – wo seine Wellen im Sand auslaufen und sich wieder zurückziehen, diese Linie, wo Wasser und Land einander unaufhörlich einundausatmen, ist der bestmögliche Platz zu leben. Eine Steilküste wie die Steinküste Istriens ist insofern natürlich ein Zynismus, ein Unglück und ein topographischer Flop, und das Unglück fängt schon bei Duino an. Umso weiter entfernt von der Küste ein Mensch leben muß oder umso weiter er sich selbst davon entfernt, desto unannehmbarer wird seine Existenz. Fünfzehn Kilometer sind das Maximum an unschädlicher Entfernung, dahinter lauern die Depressionsfragebögen und die Entzündungen und der Eiter.

Ich möchte ausgesetzt sein in der endlosen Horizontalen, die nichts verheimlicht, aber ich möchte und müßte sie hier haben, wo ich bin. Auswandern gilt nicht, außerdem würde in den Süden AUSWANDERN gar nicht klappen und genügen, man müßte AUSKLETTERN. Die Liste der Abgestürzten und Zerschellten ist lang. Ich habe zugegeben Wurzeln, aber das Wurzelwerk ist, wie es Wurzelwerken zusteht, betrüblich und bedauerlich, nicht feierlich.

7

Ich bastle weiter an der Aufstellung: Der vielleicht interessanteste ortsangesetzte Maler dieses Jahrhunderts ist erst aus dem flachen Deutschland, also aus einem Nordland ohne Wenn und Aber, nach Unterkärnten eingewandert, und als nicht mehr weiterzuwandern war, hat er sich seufzend niedergesetzt und BERG genannt. Dr. rer. pol. Werner Berg übrigens, wollte ebenfalls kurz einmal sehen, wie es sich so als Vollakademiker lebt, Staatswissenschaftler witzigerweise, das hat er aber schnell wieder bleiben lassen hier an der Baumgrenze, im letzten Gehöft, das der Steilhang gerade noch gestattet. Nach Norden emigrieren umgekehrt nur die wortwörtlich in das Unterland Eingeborenen, die sich partout einen Namen machen wollen, weil sie mit dem alten Namen PETER heißen, du bist der Fels. Damit aus dem Peter nicht wieder bloß ein Peterson wird. Wer sich hingegen hier ernsthaft niederläßt, der muß vom Leiden alles wissen wollen. Der Einwanderer Werner Berg kommt, wie es heißt, vom deutschen Expressionismus her. Einerseits geht die Tendenz seiner Malerei vom Explosiven und Beschwörenden, vom Schweifenden, wolkenhaft Dunklen immer mehr zu Beherrschung, Ordnung und Klarheit, wie eben von der Großstadt hin zum Bergbauernanwesen in der Einschicht. Diese Lebensform, meint Berg, habe nicht das geringste mit Romantizismus zu tun, es gäbe keine härtere, unsentimentalere Realität als das Landleben ohne Schaustellfarce.

Kühl werden, so kühl wie möglich werden. Unangenehm kühl. Klar, hart und unsentimental resignativ hat Berg auch seine Vertraute und meine Dissertationsfreundin Christine Thonhauser portraitiert, die außer ihrem auch direkt aus der Natur genommenen Künstlernamen Lavant wirklich nichts Gekünsteltes an sich hatte, nur eine fürchterlich verstümmelte, anständig kranke, aussichtslose Existenz: Lebensleiden, Leidensleben. Fünf Wochen nach ihrer Geburt bekommt sie Skrofeln auf der Brust, dem Hals und im Gesicht, erblindet dadurch fast, verträgt kein Licht und kann nur im Dunkeln spielen. Mit vier Jahren wird sie von den Ärzten in der Flaubertnachfolge als nicht mehr lebensfähig angesehen, und noch in diesem Punkt täuschen sich die Ärzte. Eine übersehene Mittelohrentzündung macht sie auf einem Ohr fast taub, nahezu jährlich stellen sich Lungenentzündungen ein, auch Lungentuberkulose, über zwanzig Jahre Schlaflosigkeit und Appetitlosigkeit. Mit sechzehn setzen schwere Depressionen ein, Christine Lavant geht sechzig Kilometer zu Fuß in die Nervenheilanstalt nach Klagenfurt, um sich testen, psychisch durchchecken zu lassen, um vom Explosiven und Beschwördenen, vom Schweifenden, vom wolkenhaft Dunklen zu Ordnung und Klarheit zu kommen, nur die Nervenheiler sind unsentimental machtlos, heillos. Guten Morgen, wie geht es uns denn heute. Was machen Bedrückung, Schwermut, Traurigkeit, aha, da schau her. Schlecht geschlafen? Gar nicht? Sex macht Ihnen noch immer keine Freude? Gut. Hoffnungslos in die Zukunft? Unnütz, unbrauchbar, besser tot. Soso. Zählen wir also zusammen. Einer schickt sie in eine Wohnung in ein aussichtsloses Klagenfurter Wolkenkratzerl. Völlig daneben. Nicht wirklich zugehört. Nicht wirklich verstanden. Gerade die Lyrik hat die katastrophale Hochhausmedikamentierung überstanden. Schlaganfall des Gatten, selbst von jeher Pflegefall, Nervenzusammenbruch der Gattin, Krankenheim, Krankenheim, Krankenheim. Wir sind nicht lebenstüchtig, sagt sie, wir hätten nicht zur Welt kommen dürfen, das ist die Wahrheit, sagt ihr dunkler Herausgeber. Jetzt, wo ich sie zitiere, sind sie beide längst erlöst. Tot.

Über die brutale Gesamtwahrheit ihres Schreibens hat Christine Lavant ihr Schreiben nicht hinweghelfen können. Nicht sie hat zu dichten aufgehört, nicht sie hat das Dichten bleiben lassen, das Dichten hat sie bleiben lassen. Ihr ist das Schreiben zum Lebensende hin depressiv und depressiver werdend abhandengekommen, durch nichts ersetzt. Erfüllung war unmöglich. Denkunmöglich. Fühlunmöglich. Das Dichten ist ihr am Ende peinlich gewesen. Es ist so schamlos. Ich denke, dissertieren kann man. Schamlos dissertieren.

Sehr schamlos hat sie auch die seelenseichte Kritik zu Lebzeiten der Epigonalität bezichtigt und als späte Nachfahrin der expressionistischen Dichtung, als Tochter Rilkes und Tochter Trakls abqualifiziert. Die noblen Kritiker sagen in solchen Fällen: „...braucht den Vergleich mit Trakl nicht zu scheuen“ oder „...erinnert an Trakl“, die weniger distinguierten und oft neidischen und eifersüchtigen sagen „Konserven-Trakl“, „Mini-Rilkin“ oder ganz einfach: „Da ist mir Rilke lieber“. Als ob jemals ein Dichter gedichtet hätte, damit er seinem Kritiker lieb ist. Als ob Weltgefühle ein bestimmtes Ablaufdatum und eine empfohlene Aufbrauchsfrist hätten. Daß die Thonhauserrezipienten nicht auch noch auf Georg Heym verfallen sind, muß wohl an Heym liegen. Oder an George. Oder was weiß ich. Ziemlich schnell nach ihrer Erlösung, ihrem Tod, ist aus Christine Lavant aber doch noch Christine Lavant und ihr Leiden souverän und ihre Depression autonom geworden. Unmittelbar nach ihrem Tod sind die obskuren Vaterschaftstests von Rilke und Trakl rückwirkend doch noch negativ beurteilt und Christine Lavant ein persönlicher Eigenexpressionismus zuerkannt worden. Postum wird immer alles besser, sogar die Zentralheizungskopfschmerzen. Heute darf sich die Traklpreisträgerin glücklich schätzen, daß in Wolfsberg, ihrem Erlösungsort, eine Christine-Lavant-Gesellschaft einen eigenen Lavantpreis ausschreibt, der mit einer Summe dotiert ist, die sie, die Low-budget-

Lyrikerin Lavant, mit ihren Strickarbeiten wahrscheinlich ihr ganzes Leben lang nicht zusammengekratzt hat. Möglichst authentisch sollte man die Wettlesungen und die Preisfindung im Wolfsberger Landeskrankenhaus veranstalten. Nachdem er sein ganzes Leben weggelitten hat, nimmt es der Dichter wohl locker in Kauf, daß er sich post mortem auch noch so ein ungutes Wort wie das Wort GESELLSCHAFT anhängen lassen muß. Und Christine Lavant darf sich natürlich auch sehr glücklich schätzen, daß ich ihr ein eigenes Kapitel meiner Geheimdissertation über den regionalen Kleinexpressionismus widme, ihr und ihrem zwischen Saualpe und Koralpe und Koschuta und Hochobir und Petzen eingemauertem Schicksal. Ihr und dem Bild, das Werner Berg von ihr gemalt hat. Ihr und ihrer Vaterplage.

Mir kommt kein Vater ins Haus. Freunde kommen, Verwandte, Zufallsbekannte, ich habe ja eine illustre Menschenmauer hier an den Wänden meines Existierersatzzimmers, und die Tragödien stapeln sich in den Regalen. Aber kein Vater! Mein Weltbild ist gemalt, nicht photographiert. Ich habe einen Vater, andere brauche ich nicht. Selbstverständlich dissertiere ich sowohl mit Feindeinwirkung, als auch mit Freundeinwirkung, aber auf jeden Fall ohne Vatereinwirkung. Ich stelle selber auf, und ich suche mir auch die Sparringpartner selber aus. Kein Dozent und kein Professor soll jemals von mir sagen können: Mein Student. Keiner soll jemals von mir sagen können: Mein Schüler. Es gibt auch so Demütigungen genug. Keiner soll sagen können: Ich habe ihm das Gehirn organisiert. Ich lasse mir nichts vorschreiben, und ich schreibe keine mannschaftsdienliche Dissertation, etwaiger wissenschaftlicher Bedarf ist mir gänzlich einerlei. Und ich werde in der Zeit danach auch ganz bestimmt nicht zu den Absolventenfesten kommen. Ich habe keine Lust, der Wirklichkeit um mich mit Zitaten zu dienen wie andere mit Polstersesseln, Kalbsbraten oder Freistoßtricks. Vor allem lasse ich mich von einem „Vater“ nicht zu konsequenter, systematischer Arbeit anhalten und Aufgaben zuweisen und Ratschläge erteilen. Dissertieren heißt spazieren, nicht roboten, für einen Spaziergang ist ein Wegweiser eo ipso unangemessen. Ich dissertiere im Spaziergang oder gar nicht. Ich dissertiere ins Blaue, das heißt, ich dissertiere über die Bedingungen und Möglichkeiten der Niederreißung der Karawanken, die ein selbstbewußter Regionalexpressionismus auf alle Fälle zum Ziel haben müßte, und ich kann eine solche Dissertation, einmal abgesehen von kleinkarierten Geisteseigentumsfragen, auch deswegen unmöglich einem Betreuer oder gar Begutachter anvertrauen, bevor sie fertiggestellt und irreversibel ist, weil der Betreuer das Projekt der regionalexpressionistischen Karawankenniederreißung – einmal abgesehen von Gesichtspunkten der Wissenschaftlichkeit – von vorn herein als unvernünftig und utopisch abqualifizieren müßte. Bekanntgabe der Aufstellung und der Taktik, heißt es, erst am Spieltag, unmittelbar vor dem Anpfiff.

Daß die Niederreißung der Karawanken unweigerlich eine abrupte Klimaverschiebung ungeahnten Ausmaßes bedeuten würde, weiß ich selber, aber darum geht es ja gerade. Es geht um die Klimaverschiebung. Es geht darum, die Schals ein für allemal in die Südsee zu schleudern. Sehe ich die Karawanken – und ich sehe sie dauernd –, sehe ich tatsächlich eine gigantische Gefängnismauer, die weder Sonnenlicht, noch Wärme, noch atembare Luft ins Land läßt. Umso näher man sich von Norden her an diese Staumauer heranwagt, desto beklemmender wird das Gefühl, die Situation ist wortwörtlich völlig aussichtslos. Jeder mediterrane Gedanke zerschellt an der frustrierenden schwarzen Wand. Ein Volksbegehren zur Karawankenniederreißung würde ich, südsüchtig wie ich bin, vorbehaltlos unterschreiben, selbst wenn dabei die sogenannte Büchsenmacherstadt Ferlach, das ist erstens die industrielle Kriegserklärung an den Karawankenbären, zweitens die

Idealvoraussetzung für Schwarzgalligkeit und Depression und drittens nebenbei traditionell Brutstätte umfangreichen literarischen Unheils und Unsinns, trotz aller pyrotechnischen Errungenschaften wahrscheinlich verschüttet würde, selbst wenn der Karawankenbär somit sogar als Metapher ausgerottet würde und nach seiner Explosion auch nicht mehr metaphorisch explodieren könnte. Selbst wenn der KAC seine Eishockeysektion zusperren müßte. Ich würde unterschreiben, selbst wenn mich der sich so nennende HEIMATDIENST und die sich so nennenden TRADITIONSVERBÄNDE und ihre xenophobischen Schreibtischpartisanen, die ja in ihrer Blindheit und Borniertheit seit fünfundsiebzig Jahren eine Aufstockung der Karawanken verlangen und sich gleich hinter Ferlach lauttosend den Himalaya wünschen, dafür in Grund und Boden verdammten. Der Heimatdienst beflegelt mich ja jetzt schon, also v o r dem opus magnum, als „ultralinken Multikulti", aber beim Heimatdienst ist bald einer ein ultralinker Multikulti, wenn er bei sich daheim nicht einen mumifizierten Abwehrkämpfer im Herrgottswinkel salutierend stehen hat. Meiner Meinung nach sollten der Heimatdienst und die Traditionsverbände ganz einfach so lange in der Eishockeymeisterschaft mitspielen, bis es sie nicht mehr gibt. Wessen Leben an einer Zipfelmütze gehangen ist, der fühlt sich zwangsläufig ein wenig dem Narrentum verpflichtet.

Zum Narrentum an dieser Stelle ein vorläufiges Wort: Ich gebe seit Jahren – wenn auch unter einem Pseudonym – immer wieder in aller Öffentlichkeit Beispiele meiner eigenen Lächerlichkeit und Armseligkeit und Begriffsstutzigkeit, weil meine Lächerlichkeit und Armseligkeit und Begriffsstutzigkeit repräsentativ für die Lächerlichkeit und Armseligkeit und Begriffsstutzigkeit der mich umgebenden Menschenwelt sind. Ich bin ein Lächerlicher unter Lächerlichen, ein Armseliger unter Armseligen, ein Begriffsstutziger unter Begriffsstutzigen, und ich bin davon überzeugt, daß man, obwohl ich sehr lächerlich und sehr armselig bin, beim besten Willen gar nicht weniger lächerlich und armselig sein kann, das ist traurig und tragisch und vollkommen unabänderlich. Ich wünschte mir, daß man meine Lächerlichkeit und meine Armseligkeit etwas weniger ulkig und unterhaltsam, sondern etwas ungemütlicher und irritierender, auch peinlicher und abstoßender fände, daß die auf Lächerlichkeiten treffenden Lächerlichkeiten und die auf Armseligkeiten treffenden Armseligkeiten und die auf Begriffsstutzigkeiten treffenden Begriffsstutzigkeiten nicht gar so schnell mit ihren Verbrüderungsfesten begännen und Begriffsstutzigkeitsgesellschaften ins Leben riefen; daß man nicht die Lächerlichkeit selbst, an der man sich abputzt, sondern die DOKUMENTATION der brutalen Repräsentationslächerlichkeit und Repräsentationsarmseligkeit und Repräsentationsbegriffsstutzigkeit anerkennte. Aber da habe ich wenig Hoffnung. Statt Hoffnung habe ich Kopfschmerzen.

Eine Dame aus dem Kulturministerium sagte mir einmal in Würdigung meiner „heiteren Tragödien“ und „vergnüglichen Bitterkeit“ beim après-Litterature, der Lektüregenuß bestünde prinzipiell gerade darin, in der Behaglichkeit der warmen Stube am Sofa hingestreckt zum Beispiel von einer Expedition zum Nordpol und den Tücken und Gefahren des ewigen Schnees und des ewigen Eises zu lesen. Scott und Amundsen auf den Kanarischen Inseln. Ich habe diese Plauderei sehr schnell wieder beendet. Leser, die sich so unverfroren aus dem Gelesenen heraushalten und mich als antibiotisches Katastrophenkasperl verwenden, mag ich nicht besonders. Zugegeben, es ist schon einmal eine meiner Geschichten – wenn auch unter meinem Pseudonym – in einer Anthologie mit dem Titel HEITERES AUS ÖSTERREICH nachpubliziert worden, aber auch Georg Heym ist es passiert, postum mit ein paar äußerst morbiden Gedichten in die Anthologie LUST AM LESEN hineingesteckt zu werden. Ich könnte mir gut vorstellen, diese

Untergangsnotizen in Zipfelmütze und Anorak und Schlittschuhen im Flutlicht der Stadthalle am Eis oder überhaupt am Originalschauplatz in der Abenddämmerung eines Jännertags am Wörthersee bei minus fünfzehn Grad Celsius vorzulesen, dem berühmten kleinen, aber interessierten und dankbaren Publikum. Und anschließend verteilen wir das Dynamit und spazieren entschlossen Richtung Süden.

Im Schatten der Karawanken, das heißt, vor allem im ROSENTAL und im JAUNTAL, sind jedenfalls nur Menschen denkbar, die Tag für Tag immer mehr der Morbidität verfallen. Anders wäre es unverständlich, daß es Leute gibt, die auf der Nordseite der Karawanken hinaufklettern, und dann auch wieder auf der Nordseite herunterklettern. Anders wäre es vollkommen unverständlich, daß es Leute, darunter etliche Vollakademiker gibt, die sich am Kamm des trauerstaumauerüberschatteten Plöschenbergs unter enormen Schuldenlasten freiwillig ununterbrochen über das Tal hinweg ununterbrochen in die furchtbare Felsenwand hineinstarrende Wochenendhäuser bauen, in diese Geologie zum Heulen. Das gebirgsgesteinsbedingte Heulen kommt auch recht deutlich im Liedgut der Region zum Ausdruck. Wer das sprichwörtliche JAMMERTAL sucht, findet es detailgetreu im wortwörtlichen ROSENTAL und JAUNTAL, und er findet in den in die Karawankenfelswände hineinstarrenden Wochenendhäusern, in den lebenslänglichen Lebensendhäusern, das Zentrum der Jammerarien, die wahre KÄRNTNER OPER: tristitia publica, tristitia privata, horror montis, rustikale Requien. Selbst die Folklore ist ausschließlich elegisch und jenseitsbezogen und läßt auf Seelen schließen, die tagtäglich aufs Neue von den gewaltigen Seelensandsäcken ringsum zerquetscht werden. Das Jenseits ist nicht räumlich, nur zeitlich möglich, es ist wirklich ein Jammer. Außer einem gewissermaßen saisonbedingten kümmerlichen Brunstgehabe, wenn der durchgeschwitzte Genitalschutz auf der Wäscheleine zum Trocknen baumelt, bietet das Liedgut nichts als masochistische Liebeserklärungen an das froststarre, finstere Loch, in das die Chöre in der Stunde ihrer Geburt eingebrochen sind und in das sie gleich nach der Brunstzeit gerne eingegraben werden möchten. Die ganze Region ist seit Menschengedenken von dieser unheilbaren Karawankenplage verseucht. KLAGENFURT sagt alles. Natürlich dementieren die Betroffenen ihre Depressivität bei jeder Gelegenheit und stopfen die Fragebögen mit den ungeheuerlichsten Lügen voll. Natürlich will vom Leiden in Wirklichkeit niemand etwas wissen, und alle flüchten sich vor lauter Karawanken in eine grundsätzliche Verzweiflungsgemütlichkeit, in Übersprungsheiterkeit und Übersprungsgeselligkeit und Übersprungszeltfeste und Übersprungsvolksgruppenpolitik. Es läßt sich häufig beobachten, daß kranke Menschen politisch werden, um ihre Krankheit vergessen zu machen. Aber vor und nach der Politik kommt wieder das überparteiliche Moll.

Wenn man bedenkt, daß sich die Lyrik ursprünglich von der griechischen Lyra, also von der Leier ableitet, dann ist das pathologisch schwermütige Unterkärntner Geleier mit seinen bis zur akustischen Unerträglichkeit ausgedehnten Vokalen wahrscheinlich durchaus im Sinn des Erschaffers, der seine verstorbene Frau trotz Abstiegsplay-offs und Penalty-killings bei den Titanen lassen mußte und Grund genug zu klagen hatte. Nicht zufällig treten auch die Unterkärntner Grenzlandchöre mit ihrem Melodienreigen hauptsächlich bei Begräbnissen auf.
EIN SCHWARZES LOCH GÄHNT, DRAUS DIE KÄLTE STIERT;
ER FÄLLT HINAB, UND FÜHLT NOCH, WIE DER SCHRECK
MIT EISENFÄUSTEN SEINE GURGEL SCHNÜRT,
könnte man sagen.

8

Wie bekannt der traurige Dichter Georg Heym, den ich auf meinem Dissertationsspaziergang als ersten gefunden und gewissermaßen aus dem Wasser gezogen und heraufgetaucht habe, heute ist, mag und kann ich nicht beurteilen, eine Geheimtelephonnummer und Autogrammkarten wie Sugar Sereinig wird er wohl nicht benötigt haben. Ich kann auch nicht beurteilen, ob es meiner kleinen privaten Gedankenmitschrift, die ich hier parallel zur Entstehung meiner Dissertation verfasse, gelingt, an Heyms Denkmal mitzubauen. Aber weil ich seinen frühen Tod im Eiswasser, wenn auch unabsichtlich und ohne es zu wissen, in allen Stadien und Schreckensdetails nachgestellt habe und gewissermaßen in seine Fußstapfen und Eisschuhe gestiegen bin, mit dem einzigen, allerdings gravierenden Unterschied, daß ich NICHT gestorben bin, kann ich allmählich einigermaßen beurteilen, was Heym infolge seines frühen Todes alles erspart geblieben ist, und ich kann beurteilen, daß Georg Heym mit seinen vierundzwanzig noch so intensiven Jahren gar keine Ahnung haben konnte, WAS ihm alles erspart geblieben ist. Vierundzwanzig Jahre Angst, vierundzwanzig Jahre Panik, vierundzwanzig Jahre Entsetzen, das sind mittlerweile schon acht Jahre Angst, acht Jahre Panik und acht Jahre Entsetzen weniger als bei mir. Aber das meine ich hier gar nicht.

Sofern er mit Talent und einer gewissen daseinsanalytischen Explosionsbegabung ausgestattet ist, läßt sich ein existentialistischer Expressionist im Elternhaus bis vierundzwanzig bei aller existentialistischen Qual rein lebenstechnisch noch relativ leicht bewerkstelligen. Aber wenn ein vierundzwanzigjähriger Dichter einmal die poetischen

Ausdrucksmöglichkeiten unserer Sprache erweitert und durch immer intensivere Verdichtung der Aussage die Grenzen des Sagbaren und Hörbaren erreicht, seine Lieblingsthemen Tod, Krankheit und Verwesung ausgearbeitet und dafür sehr eindrucksvolle Bilder der Qual und des Elends und des Ekels geschaffen, außerdem aufs gewissenhafteste seinen Depressionsfragebogen ausgefüllt hat und anschließend NICHT ertrinkt oder sonstwie stirbt und sich – wenn auch noch so furchtbar – erlöst, steht der Genius spätestens als Fünfundzwanzigjähriger vor der Frage, was nach der eindrucksvollen Ausarbeitung von Tod und Krankheit und Verwesung, nach den bestürzenden Bildern der Qual und des Elends und des Ekels nun noch zu dichten und zu tun übrig bleibt, es gibt ja emotional kein Zurück mehr, es gibt kein Thema LEBEN nach dem Thema TOD. Wer jetzt nicht liebestoll ist, politisch-missionarisch, gesellschaftskritisch oder heimatschrullig, der wird es nimmermehr. Hinzu kommen die obligaten Absatzschwierigkeiten bei Lyrik, die sich auch nach Heym und trotz LUST AM LESEN nicht signifikant gebessert haben, hinzu kommt die Frage, wie lange er sich seine literarischen Leistungen leisten kann, hinzu kommt die übermächtige Konkurrenz der Gruselthriller und Horrorschocker und Qualifikationsländerkämpfe und Samstagabendshows und damit kommerzielle Dauerengpässe, das heißt: Realhorrorschocker; Reibereien mit der Gebietskrankenkassa und der Pensionsversicherungsanstalt, hanebüchene Einkommenssteuererklärungen, Mieten, Betriebskosten, Arbeitsämter allenfalls, hundsgemeine Staatszwangsdienste, das heißt: Realgruselthriller und ähnliche Zumutungen, profanes, aufdringliches Zeug, zu den ursprünglichen Ressourcen Tod, Krankheit und Verwesung noch gewichtige außerexistentialistische Existenzängste. Robert Musil, Dr. Robert Musil und Robert Edler von Musil nicht zu vergessen, der unbekannteste Großschriftsteller seiner Zeit und gleichzeitig der bedeutendste vollakademische Bettler des Zeitalters, ist nach dem allmählichen Versiegen seiner Heiratsgeldquelle vor lauter Bittbriefen kaum noch zum Schreiben gekommen und hat sich also sicherheitshalber einen Revolver gekauft, um sich gegebenenfalls wenigstens erschießen zu können, falls ihm das Geld vollends ausgeht. Nicht metaphorisch. Eigentlich. Bumm. Wäre ich der Direktor des Robert-Musil-Museums, ich würde an vorderster Front diesen Revolver ausstellen, mit drei dicken Rufzeichen vor dem Revolverlauf. Wie in so vielen Fällen, ist nach Musil heute ein hochdotiertes Stipendium benannt, und besonders witzig würde ich es finden, das Gesicht Musils in Beantwortung seines Gebettels endlich auf die Tausendschillingscheine zu drucken. Neben der Verletzlichkeit, Verlorenheit und Sterblichkeit ist die wahrscheinlich ärgste Kränkung des Menschen, sich verkaufen zu müssen, um leben, um sich ökonomisch ÜBER WASSER HALTEN zu können. Ein unwirtlicher Planet in einem unwirtlichen Universum. Journalist? Rezensent? Wanderwegetipsgeber? Agent? Gerichtssaalkiebitz? Konzipient? Versicherungsbeamter? Lektor? Kulturamtsgehilfe? Dramaturgiesekretär? Hauslehrer? Taxifahrer? Da würde die tote Schlange aber nie und nimmer mitmachen.

Und eben die Krise, der Überdruß. Spätestens ein paar Jahre nach der Frühreife verflucht der Exfrühreife seine Frühreife, fühlt sich von seinen eindrucksvollen Jugendmeisterwerken aufs schrecklichste hintergangen, verraten und im Stich gelassen, und er läuft Gefahr, entweder zum Quereinsteiger in die Gewöhnlichkeit zu werden oder sich selbst zu plagiieren. Wer früh reif wird, wird auch früh faul und welk. Und er hat nebenbei immer weniger Publikum. Sogar der Psychoanalytiker fängt irgendwann zu gähnen an. Ein Büchner mußte DANTONS TOD gewissermaßen mitsterben, Mozart mit DON GIOVANNI untergehen und zur Hölle fahren. Mit ihren Alterswerken DANTONS GICHT und DON GIOVANNI BESSERT

SICH wären Büchner und Mozart garantiert durchgefallen. Solche Beschwerden interessieren niemanden, das heißt, sie sind ideal für die Dissertation geeignet.

Das Schicksal selbst und an und für sich ist vielleicht der ungeheuerlichste Schicksalsschlag, die STANDARDSITUATIONEN des Lebens schlimm und scheußlich genug, das Arsenal der Not menschlicher Existenz auch tatsächlich grenzenlos und unerschöpflich, sein Inventar und Instrumentarium aber monoton und stereotyp. Oft lohnt es sich dramaturgisch nicht, ins Detail zu gehen. Wenn NOT GEGEN ELEND antritt, um es in der Sprache des Sportes zu sagen, gibt es am Ende oft ein Unentschieden. Keines der beiden hätte sich eigentlich einen Punkt verdient.

IN EINER STUBE VOLL VON FINSTERNISSEN
SCHREIT EINE WÖCHNERIN IN IHREN WEHN
IHR STARKER LEIB RAGT RIESIG AUS DEN KISSEN
UM DEN HERUM DIE GROSSEN TEUFEL STEHN

...lautet eine Strophe in Georg Heyms Gedicht DIE DÄMONEN DER STÄDTE, an anderer Stelle schreibt er von MORSCHEN WIEGEN. Noch prägnanter hat vielleicht nur Heyms nördlicher Zeitgenosse Edvard Munch – willkommen in der Dissertation! – die ontologische Gesamtmisere formuliert: „Ich bin schon einmal gestorben, als ich geboren wurde“. So sammle ich mir Gefährten. Einerseits um nichts auf der Welt geboren werden wollen, andererseits um nichts in der Welt sterben wollen, das ist das entsetzliche Programm des langsam zum menschlichen Leben erwachenden Menschen.

Natürlich sind VÄTER TÄTER, und auf MÜTTER reimt sich leider nichts Derartiges. Man kann also seine Geburt und Vater und Mutter für die Verursachung, für das Zustandekommen und für das Urheberrecht seiner Geburt, dieser allesumfassenden Initialkatastrophe, poetisch, prosaisch und philosophisch ganz furchtbar verfluchen, aber als Vierundzwanzigjähriger, nicht als Achtzigjähriger; vor allem nicht als Achtzigjähriger, der schon sechsundfünfzig Jahre lang immer wieder denselben bitteren Erzeugungsfluch widerkäut mit unbedeutenden Variationen, während seine Eltern vielleicht schon sechsundfünfzig Jahre taub oder tot sind, einmal abgesehen davon, daß sie ihren Nachwuchs beim besten Willen nicht mehr ungeschehen machen können, und sei er noch so desperat. Auch Eltern haben einmal ein Recht auf Ruhe, Resozialisierung und humanen Strafvollzug seitens der Kinder. Umsonst sind Botschaften, die nicht ankommen: Empfänger verstorben, zurück zum Absender, das kann auch Philosophen und Poeten passieren. Irgendwann wendet sich auch der noch so sensible Daseinsekel gegen sich selbst, irgendwann wird der Ekel selber ekelhaft und abgeschmackt. Warum nicht einmal etwas ganz anderes machen? Landschaftsbeschimpfung ist was ziemlich Neues, und die Karawanken sind ja nicht allein auf der Welt. Die Franzosen könnten sich kräftig über die Pyrenäen beschweren, die Rumänen über die Karpaten, die Tschechen über den Böhmerwald, die Slowenen über den Karst und die finsteren Grotten. Oder einmal anständig die Lüneburger Heide verunglimpfen, die Pußta, die Podolische Platte. Die nördliche Hemisphäre bietet genügend Geologie zum Abreagieren. In der holländischen Depression gibt es eine Stadt, die heißt LEIDEN, da könnten wir dem Bürgermeister eine Städtepartnerschaft vorschlagen, falls wir nicht schon eine haben. Und und und. Achtzig Jahre lang elegisch über Tod und Krankheit und Verwesung brüten, bloß um anschließend doch noch recht zu bekommen, wäre genaugenommen ein magerer Triumph. Achtzig Jahre Zweckpessimismus sind nicht gerade eine raffinierte Taktik. Der Ekel kann von Glück reden, wenn er noch einen jugendlich frischen Schlittschuhläuferkörper zur Verfügung hat. Und nach dem Spiel: Goethelesen! Klopstocks Schlittschuhlyrik lesen! Sportberichte lesen!

Eishockeyspieler sind gut beraten, ihre Karriere zu beenden, bevor sie „ihren Zenit überschritten“ haben und „in sportliche Ausgedinge“ und aufs „Abstellgleis“ rutschen, jedenfalls bevor sie ihre eigene Karikatur und ihre eigene Parodie und ein „Schatten von einst“ sind, solang sie noch ein paar unversehrte Schleimbeutel im Leib, ein paar intakte Bandscheiben in der Wirbelsäule und ein paar gesunde Zähne im Kiefer haben. Und bevor man „ein paar“ groß schreibt. Sie sollten am Höhepunkt und – vielleicht abgesehen von Bergsteigern – am Gipfel, also etwa als REGIERENDER Olympiasieger, Weltmeister oder wenigstens Landesmeister zurücktreten (nebenbei übrigens ein recht eindrucksvoller Beleg dafür, daß REGIEREN rein inhaltlich nicht allzu viel bedeutet), VOR der Revolution also und VOR dem Putsch, wie etwa der Karawankenbärenvater als zwölffacher Eishockeystaatsmeister zurückgetreten – aber niemals gestürzt worden ist, und seit der Zeit heißt es: Das waren noch Zeiten. Bis heute erscheinen in der Zeitung immer wieder einmal Reportagen über Sepp Sereinig in der beliebten Rubrik WAS AUS IHNEN WURDE. Magistratsbedienstete erzählen ihre eigenen Veteranenlegenden.

Beim Künstler funktioniert die Abdankung und das ZURÜCKZIEHEN INS PRIVATLEBEN oder in den ZIVILBERUF aber ein wenig komplizierter, selbst wenn auch er immer penetranter und skrupelloser in Bestenlisten und Tabellen gezwängt wird, genauso bei Turnieren antritt, die Christine-Lavant-Quelle, die Robert-Musil-Quelle oder die Ingeborg-Bachmann-Quelle um die Wette anbohrt, bei seiner Kür auf das subjektive Empfinden und die gute Laune und die richtigen Verbindungen der Preisrichter und deren Hintermänner und Hintermännershintermänner angewiesen ist und vom Verleger beim Duell Not gegen Elend ohne weiteres auch auf die Ersatzbank gesetzt werden kann. Auch wenn es, was immer der Künstler auf dem Künstlerherzen hat und was ihm über die Künstlerleber läuft, zunächst einmal darum geht, Marktanteile zu erobern. Man muß sich auch in der Verzweiflungshitparade immer nach oben orientieren. Wenn dem Künstler die Künstlergalle hochkommt, muß sie höherkommen als die Gallen der Konkurrenz. Aber der Künstler, das heißt: der Vollblutkünstler kann seine Karriere eigentlich nur in Kombination mit seiner Existenz ernsthaft beenden. Ein zu Lebzeiten als Dichter ZURÜCKTRETENDER Dichter macht sich automatisch lächerlich, der Existentialist darf zeitlebens das Wort MOTIVATIONSPROBLEME nicht in den Mund nehmen. Aus einem Künstler kann de facto NICHTS MEHR WERDEN. Wer sich Rimbaud in der Spätphase als Vorbild wählt, wird schon sehen, was er davon hat.

Georg Heym hat seinen Zenit nicht überschritten. Heym ist zeitlebens nicht in die peinliche Situation gekommen, sich zu karikieren oder zu parodieren oder einen Revolver zu kaufen. Heym hat keine Zeit für Schreibhemmungen und keine Zeit, sich leerzuschreiben gehabt. Perfektes Timing. Bruttoheym, Nettoheym, völlig identisch. Etwaige Schaffenskrisen, den Krebs der Kunst, der seinen renommierten Kollegen Rainer Maria Rilke angefressen hat, hat er rigoros übertölpelt.

Nachdem Rilke – in der Abteilung FALSCHE VÄTER das nächste Großdenkmal meiner Dissertation – nämlich seinen MALTE LAURIDS BRIGGE geschrieben hatte, das sind die Aufzeichnungen eines vornehmen, aber daseinsmüden und „seelisch überreifen“ jungen Dänen, der die Pariser Krankenhäuser inspiziert, Armen, Kranken und Leidenden begegnet und die „Angst und Wehrlosigkeit des modernen Menschen dem Irdischen gegenüber“ erlebt, wollten sich Rilkes Vertraute Tod, Vernichtung, Not, Untergang, Leid, Krankheit und Grausamkeit des Lebens nicht noch einmal für literarische Zwecke auswalzen lassen.

Rilke verwarf die Idee, jetzt die Spitäler von Oslo, Stockholm, Lissabon zu inspizieren, er verwarf die Idee, Schlittschuh zu laufen. Rilkes Brutto bekam Blähungen, Rilke geriet in ein „hartnäckiges Formtief", das heißt, es folgte die Grausamkeit des Lebens in Form einer langen, schmerzlichen Pause (Nettonull), in der Rilke schwieg und bloß Übersetzungen schrieb. Als Rilke verschwand Rilke in der Versenkung, als Rilke ging Rilke unter. Das Fürchterliche an solchen Künstlerpausen ist, daß sie zeitlich nicht limitiert sind und daß man sie, solang sie nicht vorbei sind, nicht als Flaute, sondern als Ende empfindet, als endgültigen Ausschluß, als Loch, als Vakuum (horror vacui privatissimi), als pures Nichts (factum brutum), als kompletten geistigen Weltuntergang (tristitia maxima). Niemand kommt, die Kunst wieder anzupfeifen. Der schweigende Rilke muß sich gefühlt haben wie ein Rilke in einem Universum ohne Rilke. Der Rilke in Ruhe muß sich bedrückt, schwermütig und traurig gefühlt haben. Rilke muß sich morgens am schlechtesten gefühlt haben. Rilke muß oft plötzlich zum Weinen zumute gewesen sein. Rilke muß weniger gegessen haben als früher in der Welt mit Rilke. Rilke muß gemerkt haben, daß er ohne Rilke an Gewicht verliert. Rilke muß an Verstopfung gelitten haben. Sex kann Rilke keine besondere Freude mehr gemacht haben; er kann keine Tochter gezeugt haben. Rilke muß grundlos müde geworden sein. Rilke muß gereizter als gewöhnlich gewesen sein. Rilkes Leben muß ziemlich unausgefüllt gewesen sein. Rilke können bei Spaziergängen durch Paris keine Schaufenster interessiert haben, auch das Moulin Rouge wird er links liegen lassen haben, nie und nimmer wird Rilke den Cancan aus Jacques Offenbachs ORPHEUS IN DER UNTERWELT vor sich hergepfiffen haben. Rilke wird jenseits des Tagesgeschehens und der Menschen zum Grübeln geneigt haben, Rilke wird nicht besonders gut gerochen und verwahrloste Frisuren getragen haben. Rilke wird nachts manchmal in den Wald hinausgegangen sein, falls irgendwo ein Wald in seiner Nähe war, der Fingernagel seines Daumens wird verzweifelt am Nagel des Mittelfingers gerieben haben, Rilkes Nebennieren werden zuviel Cortison produziert haben. Rilke muß geglaubt haben, daß er nutzlos und unbrauchbar ist. Rilke muß an die achtundvierzig Punkte geschafft haben. Wenigstens ist er nicht politisch geworden.

Rilkes Schreibtischsiechtum dauerte beinahe zwei Jahre, für einen Vollblutlyriker sind das Jahrhunderte. Außerdem gibt es genügend Dichter, die lieber sich selbst aufhängen, als andere zu übersetzen. Erst 1912, also in Georg Heyms Todesjahr, tauchte Rilke als Rilke zu seinem eigenen Erstaunen wieder auf, erst als Gast der Fürstin Thurn und Taxis auf ihrem Schloß Duino bei Triest äußerte sich Rilke wieder persönlich, und zwar originellerweise zum Tod und zur Liebe, vor allem zur Liebe zum Tod, zum „Eros der Ferne" und der „im Dunkeln liegenden, von uns abgewandten Seite des Lebens". Im Fischerdorf Duino beschließt Rilke, Liebe und Tod als Einheit zu sehen, und er fordert uns alle auf, in dieser Einheit alle Widersprüche des Lebens zu bejahen, Schönheit und Furchtbarkeit, Freude und Schmerz. Wir sollen der Fürchterlichkeit des Lebens mit einem endgültigen Entschlusse zustimmen und zujubeln: Ein schönes Beispiel für esoterischen Wahnsinn infolge Schweigen und Schaffenskrise und Ladehemmung und Ausgelaugtheit und Verzweiflung. Ein schönes Beispiel für ein völlig verhautes Comeback. Ein schönes Beispiel, wohin es führen kann, wenn man die Trauerminute übertreibt. Ein schönes Beispiel für den bisweilen dramatischen Unterschied zwischen Brutto und Netto. Heute werden Einladungen ins Schloß Duino übrigens generell nicht mehr ausgesprochen. Besichtigungen und Führungen für Gruppen nur nach Voranmeldung, Freitag 18–20°° und Samstag 10–12°°. Bei aller Liebe. Und bei allem Tod.

9

Ich sitze mit meinem Spazierkopf im Existierersatzzimmer, höre unter mir Sugar keuchen, was heißt, daß er wieder neue volksbefriedigende Muskeln zeugt, schaue wie immer lange in die Bücherwand hinein, bastle an meinem Teamkader und lese zur Problematik des subjektiven und objektiven Alters schließlich bei Chateaubriand, daß auch mein Dissertationslegionär Pascal ein „erschreckendes Genie“ war, das in einem Alter, in dem die anderen Menschen kaum damit begonnen haben zu erwachen, bereits den ganzen Umkreis des menschlichen Wissens umschritten und gleichzeitig auch dessen fundamentale Nichtigkeit erkannt hatte, infolgedessen panische Angst hatte, jemals „unanständig“ gesund zu werden und konsequenterweise als Neununddreißigjähriger starb. Endlich tot, endlich keine Luft mehr. In dieses Kapitel meiner Geheimdissertation muß ich natürlich auch den Auslandsprofi Arthur Schopenhauer einberufen, einen meiner intimsten Freunde überhaupt, der mich nächtens immer wieder einmal besucht. Schopenhauer hat die WELT ALS WILLE UND VORSTELLUNG, die „ganze Frucht seines Daseins“, als Dreißigjähriger geschrieben und abgeschlossen und damit alles ihm philosophisch und nihilistisch und pessimistisch Bedeutsame gesagt gehabt, anschließend sein restliches, sein noch sehr restliches Leben lang die WELT ALS WILLE UND VORSTELLUNG nur noch störrisch promoten können, anschließend sein restliches gewissermaßen endenwollendes, aber nicht so recht endenkönnendes Leben, obwohl es ohne jeden Zweifel eine „mißliche Sache ist“ und sich der bescheuerte Wille zum Leben schleunigst wenden sollte, über vierzig Jahre lang stöhnend und seufzend PARERGA UND PARALIPONEMA produziert, also Nebenwerke und Nachträge und Randbemerkungen zur Scheußlichkeit. Niemals ist sein Pudel ausgerissen.

Wenn Schopenhauer das Hirn meiner Mannschaft ist und Heym das Herz, dann Edvard Munch ihr Auge, und er bekommt nicht nur einen Fixplatz in der Aufstellung, sondern auch die Kapitänswürde. Munch hat ebenfalls als Dreißigjähriger seinen SCHREI geschaffen, diesen „Schrei des Entsetzens vor der Natur, die vor Zorn errötet und sich anschickt, durch Sturm und Donner zu den törichten kleinen Wesen zu sprechen", wie Strindberg sagt. Die folgenden fünfzig Jahre seiner Existenz hat Munch die Eindringlichkeit und Ausdruckskraft und Erschütterung dieses Bildes nie wieder erreicht, unmöglich überhaupt erreichen können. Wie jeder Superlativ ist auch der Superlativ der Kälte und Angst einmalig, sonst wäre er keiner. Und aus dem Grund unersetzbar, weil er, wie es heißt, sitzt. Einmalig, aber immerwährend. Noch hilfloser konnte die in den erbarmungslosen Naturablauf eingebettete menschliche Kreatur ganz einfach nicht mehr werden, und Munch blieb gar nichts anderes übrig, als das letzte halbe Jahrhundert seiner Existenz mit allerlei Selbstbildnissen zuzubringen, mit der Bespiegelung eines dieser törichten, kleinen Wesen. Zittrige Idiosynkrasie, verzweifelte Ipsophagie. Oder eben Strickarbeiten. VOM HERBST VERWORFEN. FAULE FRUCHT DER JAHRE, sagt Heym.

Die Altersweisheit, die Altershochblüte, das Altersgenie und die künstlerische Altersexplosion sind die Ausnahme. In der Regel stehen am Lebensende bloß Murks und Krampf und Schrulligkeit, Verschrobenheit, Bockigkeit, Abglanz und Schatten. Am Ende sind gerade die einmal wirklich großen Künstler ausgemergelte, zusammengeschrumpfte, selbstzerfressene, verblendete, durch und durch peinliche und erbärmliche Gestalten, körperlich wie geistig wie seelisch. Wenn ich einen Wunsch freihabe, dann, daß mir das nicht auch noch passiert. Wenn ich meinen siebzigsten Geburtstag erlebe, dann auf jeden Fall im Keller. Peinlich ist, wer sich selbst nicht peinlich wird. Mich ekelt vor der Vorstellung, daß meine aufopferungsvolle Gattin, sofern ich jemals eine haben werde, was mir in Anbetracht meiner Gemütsverfassung sehr unwahrscheinlich scheint, mich eines Tages als Greis im Rollstuhl keuchend über den Plöschenberg kutschiert, während ich irgendeiner aufgetakelten Fernsehkulturdame karawankenüberschattet und altersfleckenübersät versöhnliche Interviews gebe, von Glück und Gnade sabbere, von Wort zu Wort weiter zusammenschrumpfe, mein Werk in der Retrospektive als Geschenk der Vorsehung betrachte und sie mich dafür wie einen Zwergdackel streichelt. Alles, nur kein Einverstandensein hinterlassen. Es wäre widerlich, würde ich mit achtzig und mit einem achtzigjährigen Wackelkopf meine Memoiren oder gar Anekdotisches zusammenstoppeln. Anekdoten sind Verbrechen am Existentialismus, nur daß sie ganz einfach passieren.

Auch mein vertikaler Nachbar Sugar Sereinig weiß einem Interview zufolge heute schon, daß er nicht spielen wird, bis er „alt und grau" ist. Mit dreißig ist Schluß, sagt er, endgültig und unwiderruflich. Weder Parerga, noch Paraliponema. Ab dreißig Endbenutzersprache und flexible Automation.

10

Edvard Munch habe ich schon deswegen unbedingt einberufen müssen, weil ich glaube, sein Bildnis DER SCHREI gewissermaßen als MEIN GEMÄLDE beanspruchen und reklamieren zu dürfen. Als ich den SCHREI das erste Mal zu Gesicht bekommen habe, diese Totenmaske, die man zerschlägt, und nichts ist dann darinnen, plötzlich heruntergekommen, die weißen Augen, die nimmermehr ein Morgenrot schauen werden, habe ich unwillkürlich das eine Ewigkeit lang verschüttete Bild meines ersten Lebensabends, meines Untergangs in der Pörtschacher Bucht wieder vor Augen gehabt und mich beim Anblick des Bildes tatsächlich, wie man sagt, ZU TODE ERSCHRECKT. Ich habe den SCHREI g e h ö r t , den ich damals unter Wasser und beinahe auch schon unter dem Eispanzer g e d a c h t habe, in Ermangelung eines Resonanzraums nur noch denken konnte, und ich kann seither den SCHREI nicht mehr sehen, ohne daß es mich dabei bis ins Innerste fröstelt. Aber er läßt mich nicht los und der Schreck läßt nicht nach. Kein anderes Bild hat mir jemals ein solches Déjà-vu-Erlebnis verursacht.

Mir ist schwindlig, ich heize weiter, schaue in die Bücherwand vor mir hinein und lese über den SCHREI und seinen „erregten Linienfluß“ und über das „kosmische Empfinden“, das ihn auszeichnet, die „äußere Landschaft“ drücke die „innere Landschaft“ aus. Ja, das stimmt. Nicht zufällig ist diese äußere Landschaft ein schwarzblauer Fjord, also ein überflutetes eiszeitliches Trogtal, die innere Landschaft kann nur eine Wüste, eine Eiswüste sein. Das Gemälde zeigt ein gespensterhaftes, fötusartiges Wesen, das am Geländer steht, nein: sich windet, beide

Hände erschüttert an den Kopf gelegt. Aus seinem Totenkopfgesicht dringt ein panischer Schrei, der gellende Urschrei. Wir hätten nicht geboren werden dürfen, wir sind gestorben, als wir geboren worden sind. Ein wenig erinnert mich die grauenhafte Großartigkeit auch an die Christine Lavant in der Werner-Berg-Version, nur ist sie existentialistisch ein paar Augenblicke später portraitiert, als wäre sie schon unter Wasser, als wäre zumindest der entscheidende Teil von ihr bereits unten am Grund des Sees; von der gigantischen Kraftanstrengung des Entsetzens erschöpft und ausgezehrt und paralysiert, für den Schrei hat sie keine Luft mehr, der Mund ist zu. Endgültig. Aber es ist auch bei Munch nicht nur die Figur, die schreit, es schreit die gesamte Natur, die Gebärende, die Selbstgebärende, das erschreckende Genie schlechthin. Der kleine, törichte, armselige Schreier, die schleimige Schnecke ohne Haus, hält sich selber schreiend die Ohren zu vor dem noch viel gewaltigeren Gebrüll des Kosmos. Die Existenz selbst ist in Panik. DAS BILD SCHREIT. Das WELTBILD. Gut könnte ich mir als Hintergrund des geschundenen Fötus die Karawanken in Gewitterstimmung vorstellen, folternd und polternd und dröhnend und bebend. Gut könnte ich mir diese durch und durch entsetzte Kreatur vor den Karawanken als Illustration des Deckblatts meines Dissertationskunstwerks vorstellen, aber ich selbst bin kein Maler, und ich kenne vor Ort keinen, der mir dieses Bild malen könnte, wie ich es sehe. Wie ich es höre. Als ob hier keine WELT wäre.

Was wäre ich ohne Ausländer! Ohne meine toten Legionäre brächte ich nie und nimmer einen konkurrenzfähigen Kader zusammen. Markus Pernhart zum Beispiel, der ein Zeitgenosse Munchs war, der als „Karawankenkind" und als „Meister der Kärntner Landschaftsmalerei des Neunzehnten Jahrhunderts" gilt und auch am Ende des Zwanzigsten Jahrhunderts noch eine treuherzige Fangemeinde besitzt, könnte ich nie und nimmer nominieren, bei ihm höre ich gar nichts. Markus Pernhart, der Meister der Schlaraffenlandschaftsmalerei oder Landschaftsschminkerei, wie ich ihn in meiner Dissertation nenne, ist infolge des für einen Künstler ganz normalen schleichenden Raubbaus an seinem Körper und vor allem infolge eines verhängnisvollen Absturzes aus der äußeren Landschaft (Großglockner) und darauf folgenden Aufpralls und Quetschung der inneren Landschaft (Leistengegend) zwar früh, nämlich siebenundvierzigjährig, und das bedeutet: gut zwanzig Jahre vor dem expressionistischen SCHREI und Wahrzeichen gestorben, aber er hätte auch hundertsiebenundvierzig werden können und hätte garantiert keinen Schrei, ja nicht einmal einen Laut gemalt. Man kann doch Pernhart keinen Vorwurf machen, daß er nicht wie Munch gemalt hat, könnten die Kunstexperten jetzt aufheulen, man macht ja Ihnen auch keinen Vorwurf, daß sie nicht wie Berg oder Musil dissertieren. Aber ich frage die Kunstexperten ja nicht. Und ich schreibe auch gar keine Kunstgeschichte.

Wie der biedermeierliche Utopist Pernhart in seinen Zeichnungen die verfallenen Burgen und Schlösser Kärntens in seiner pathologischen Ruinenblindheit und also in der Art eines Architekten kurzerhand vorwegrestauriert und zurechtrenoviert hat, so hat er in der Art eines Landschaftsplaners auch die unangenehme und grausame Natur beschönigt und verlieblicht und ihr geschmeichelt, als sei sie selbst sein Gönner, sein Mäzen und Auftraggeber gewesen, nicht sein Widersacher und Tunichtgut und kein Ungeheuer, als käme sie gar nicht auf die Idee, ihn, die hilflose Kreatur aus Goritschach, in den erbarmungslosen Naturablauf einzubetten. Dunkle Bergwände hat er aufgehellt, Schattseiten KÜNSTLICH BELEUCHTET, das Gebirgsgestein mutet wie aus Marzipan an, die Hütten und Häuser wie aus Lebkuchen, Schaumnockerln und Zuckerhüte sind die Gipfel, das ganze Panorama wirkt wie frisch gestrichen, wie für die Aktion URLAUB BEI

FREUNDEN gepinselt. Ein gelungenes Beispiel für die Talkrankheit: Wenn man schon nicht herauskann, muß man es wenigstens schön finden. In der Schlucht: Positiv denken! Vielleicht geht die Unsitte wirklich auf Markus Pernhart zurück, daß es hierzulande bis heute einen ganzen Haufen zwischen die Tauern und die Karawanken eingeklemmte Ortschaften und sogar Städte, wenn auch nicht besonders große Städte gibt, die gar kein eigenes Kulturamt, sondern nur ein Fremdenverkehrsamt unterhalten, das die Agenden der Kultur gleich mitverwaltet. Kultur ist nie allein. Und selbst wo ein Kulturamt existiert, hat das Kulturamt, wie sich etwa das Gesundheitsamt mit Krankheiten abplagen muß, nicht besonders viel mit Kultur und vor allem nicht viel mit Kunst zu tun. Alle dreißig Jahre wird gnadenhalber ein Dichter zum Zeitungsartikelausschneiden und Mäusefüttern in der Stadtschreiberwohnung eingestellt und beamtet, und wenn gerade wieder einmal ein Theaterkapellmeister, ein Landesgaleriebediensteter, ein Archivar oder ein Museumsdirektor gestorben ist, ruft der Kulturstadtrat, der garantiert gerade auf Dienstreise in Wien, Rom, Paris, Lissabon, Oslo oder New York ist, kurz einmal an und gibt beim Kulturamtsdichter einen kurzen Nachruf für die Trauerminute und einen Kondolenzbrief für die Witwe in Auftrag. Prompt legt der Amtsdichter die Schere und den Käse weg, denkt eine Sekunde nach und schreibt; es sei denn, er hat Urlaub, dann kann ihn der Stadtrat kreuzweise, und die Witwe kann ihn auch kreuzweise. Er hätte ohnehin zuerst bei der Witwe anrufen und um die Fakten bitten müssen, die er dann in den Kondolenzbrief hineinschreibt und ihr gewissermaßen zurück zum Absender schickt.

Es läßt sich leicht denken, daß das Fremdenverkehrsamt keine rechte Freude mit seinen Kulturamtsaufgaben hat. Und es läßt sich leicht denken, daß das Fremdenverkehrsamt seine eigenen Vorstellungen von Kunst hat. Mehr als die Burgruine Finkenstein ist an Destruktivität und Verfallserscheinung nicht vorgesehen. Das Fremdenverkehrsamt würde einem Edvard Munch kaum eine Vernissage organisieren, falls es sich überhaupt einmal vom Verwalten zum Veranstalten und Organisieren herabläßt, einem Georg Heym kaum eine Lesung, Schopenhauer und Pascal kaum einen Vortrag vor den Badegästen, Christine Lavant kaum eine Kreuzzertretungskostprobe im Rahmen eines BUNTEN ABENDS. Über Strickkurse könnte man reden. Kunst, die nur verstümmeltes Leben ist, soll bitte draußen bleiben. Keine Panikmache, keine Zumutungskultur im Sommer. Im Winter geschlossen. HEITERES AUS ÖSTERREICH bitte, ich einmal ausgenommen. Das Fremdenverkehrsamt lädt nur einladende Künstler und Unterhaltungsunternehmer ein, die lebensfreudigen, daseinslustigen Spaßmacher, die dem Sommerfrischlerpublikum, das einen Spaß versteht, genau den Spaß macht, den es versteht, sogenannte KEINE KINDER VON TRAURIGKEIT und demzufolge auch keine Erwachsene von Traurigkeit und demzufolge auch keine Erwachsene von Bitterkeit. Die Animateure sollen um alles in der Welt nicht daran denken, welches Wort in ihnen steckt. Das Fremdenverkehrsamt subventioniert Idyllen und Unterhaltungskunst, die die Idyllen sinnvoll in die Unterhaltung einbindet. Die Grenzlandchöre sind eine touristische Übersprunghandlung, ein homöopathisches Mittel für Kurgäste nach dem Thermalbad. Ich glaube aber, daß solche Vollblutidylliker dringend mit ihrem Arzt sprechen sollten bezüglich ihrer geheimnisvollen Punktearmut. Ihr Arzt wird Ihnen sicher ganz vertraulich ein Enzianundalmröschenentziehungsprogramm zusammenstellen, und es gibt sicher eine Therapie gegen Musiktherapie. Im Frühtau ziehe ich nicht zu Berge, und ich schwöre, daß ich im Alltagsleben noch nie das Wort VALLERA verwendet habe. Ich bin überhaupt nicht gern auf den Bergen und mein Gemüt freut sich keineswegs, mein Gemüt ist hierzulande geographisch unenthusiasmierbar, nördlich des

Gemütsäquators. Meinem Gemüt ist schon der Begriff URLAUB völlig rätselhaft. Wie könnte ich Urlaub machen, fragt sich mein Gemüt, woher könnte ich mich erholen und wohin und wozu und vor allem: was genau, fragt mein Gemüt, aber es tut sich nirgendwo eine übergeordnete Instanz auf, die eine halbwegs akzeptable Antwort darauf wüßte. Um im Kulturamt nachzufragen, bin ich zu arrogant. Urlaub in einem anderen Leben eventuell, aber das geht ja nicht, und womöglich wär das auch gar kein richtiger Urlaub. Auf jeden Fall müßte ich meine ganze Mannschaft wieder entlassen. In vielen Fremdenverkehrsbroschüren ist von Paradiesen die Rede, das eigentliche Paradies aber gibt keine Fremdenverkehrsbroschüre heraus, aus gutem Grund wahrscheinlich. Von Schönheiten ist die Rede, aber Schönheiten erholen mich nicht, Schönheiten sind Egomanen und Autisten, Schönheit ist keine Dauerlösung. Und abgesehen davon ist es hier nicht schön. Schöner als in Wien, Wuppertal oder Wolverhampton ist es hier natürlich schon, aber schöner als Wolverhampton, Wuppertal und Wien sein ist keine Kunst. Das Paradies ist jedenfalls zum Zeitpunkt des Urknalls in Konkurs gegangen, und sämtliche Auffanggesellschaften seither sind jämmerlich gescheitert; da machen auch die Charmeure aus Pörtschach, Kirschentheuer, Obervellach, Unterloibl und Goritschach keine Ausnahme. Übrigens sind die Tauchkurse, die in Pörtschach neuerdings angeboten werden, eine Geschmacklosigkeit. Daher halte ich es für ein dringendes Anliegen der Kunst, Fremdenverkehrstexte so zu schreiben, daß kein einziger Fremder mehr kommt. URLAUB BEI WAHNSINNIGEN.

Munch, Wunderkind von Traurigkeit, hat einmal geschrieben, er erkenne alle Menschen hinter ihrer Maske. Er sehe lächelnde, ruhige Gesichter, bleiche Gesichter, die rastlos davoneilen, auf einem gewundenen Weg, an dessen Ende das Grab lauert. Bei Pernhart habe ich im Gegenteil den Eindruck, als setzte er den Menschen ihre Maske eigens auf, um sie nur ja nicht erkennen zu müssen, oder er dreht sie einfach um und malt nur Rücken und behütete Hinterköpfe: Samt und sonders sorglose, putzige, winzig kleine Figuren als Panoramaverzierung, ameisenartige Menschenwesen, aber doch lebensfrohe, niedliche und daseinsbejahende, keine geschundenen, von Panik gepackte Ameisen, kryptische Kuschelameisen, die im Frühtau durchaus gemütlich und optimistisch zu Berge ziehen, das heißt: krabbeln und dem Enzian oben angekommen ganz herzlich zur Schönheit seiner Blüte gratulieren könnten, und alle von hinten (entzückend), alle nehmen die Erhabenheit ihrer Lebkuchenlandschaft kommentarlos zur Kenntnis; Meister der Kärntner Zwergenrückenmalerei, könnte man sagen.

Gerade unter Malern sind Schönfärber fehl am Platz. Besonders anstößig, unerhört und ungehörig ist ein Bild Markus Pernharts, das Eisläufer auf dem zugefrorenen Wörthersee zeigt. Mein Feindbild. Heißa, das ist ein Vergnügen, eine Wonne, eine Harmonie, das ist ein Lustwandeln und Lustlaufen. Vor lauter Lebenslust setzen die hurtigen Trachtenameisen alle zu einem doppelten Tol-loop oder dreifachen Rittberger an oder flitzen auf Friesen durch ihren heimatlichen Pantheismus, Holiday on Ice. Vorandeutungen auf die wilden Schlachten der nachgeborenen Problembären und Problemadler fehlen völlig. Kein Querverweis auf Influenza und Lungenentzündung, nicht einer stirbt an Bronchitis wie zum Beispiel Edvard Munch, nicht einer niest oder schneuzt sich wenigstens, nirgendwo ein Kind von Traurigkeit, nirgendwo ein Titan, nirgendwo ein „Rauhbein“, ein „enfant terrible“, nirgendwo ein „bodycheck“ und eine Perlustrierung. Nirgendwo krachen zwei Idylliker frontal zusammen, nirgendwo eine Schleimbeutelentzündung, nirgendwo ein Nierenriß, nirgendwo ein Knochenbruch, nirgendwo ein Schädelbasisbruch, nirgendwo eine Gehirnblutung, nirgendwo ein Rettungswagen oder der Zeit gemäß wenigstens eine Rettungskutsche mit Blaulicht, Pernhart war kein SEHER. Da hat das Eis nichts Tückisches und nichts Bedrohliches, nirgendwo ein Riß, nirgendwo eine dünne Stelle, nirgendwo vor allem ein aufgehacktes Loch, nirgendwo ein dummer Pudel, der sich davonmacht und ein Unglück auslöst, das ein Trauma auslöst. So lässig sind die Wörtherseeisläufer, daß sie generell auf das Tragen von Zipfelmützen zugunsten geradezu fahrlässiger Filzhüte verzichten. Niemand verliert das Gleichgewicht und niemand kommt in Rücklage und stürzt und bricht ein und ringt verzweifelt um Hilfe, im ganzen Bild kein Bild des Schreckens und des Elends und der Qual. Nicht ein bleiches Gesicht, das auf einem gewundenen Weg rastlos davoneilt, an dessen Ende das Grab lauert. Ich kann mich in Pernharts Gemälde, wie es heißt, nicht WIEDERFINDEN, es ist mir zu OBERFLÄCHLICH, und den Wörthersee kenne ich. Nur habe ich im Gegensatz zu Pernhart bei meinen eigenen Recherchen keine Glutpfanne mitgenommen, damit mir warm ums Herz und in den Fingern wird, ich habe eingehender, eindringlicher, tiefschürfender, gründlicher geforscht. Recherchiert habe ich nicht eigentlich, wer recherchiert, findet nichts; ich bin spazierengegangen.

Bei einem Spaziergang durch Velden habe ich im Schloßhotel am Wörthersee, wo Uschi Glas und Roy Black (†) vor der Kamera Urlaube vorstanzten, einmal eine völlig überraschende Kubinausstellung gesehen, tief unter Roy und Uschi in den Katakomben. Ein Exponat aus dem Jahr 1925 heißt DER ERTRUNKENE KURGAST, sehr witzig. Trotz des traurigen Themas, stand unter dem Bild, wirkt dieses Bild gar nicht bedrückend. Die Heiterkeit des Blattes geht von den verschiedenen Kostümen und den entsprechenden Reaktionen der Schaulustigen aus, die die Wasserleiche in ihrer buntgestreiften Badehose umstehen. Feder, Tusche, aquarelliert auf Katasterpapier. Neben dem SCHLITTSCHUHLAUFENDEN TOD in Norwegerpullover im Spagat aus dem Jahr 1938 steht

DER GROSSE NOTSCHREI (1940): Das chaotische Liniengewirr nimmt zuweilen fleckenartige Formen an, zwei Hände tauchen aus dem Himmel und zerren die Sonne fort, die Düsternis wird allmächtig; und wenn Kubin bei der darunter schreienden Figur selbst nicht Munch im Sinn gehabt hat, will ich zum Beispiel Markus Pernhart heißen. Die Touristen, die infolge Schlechtwetters in den Schlußkeller tröpfelten, waren aber sehr enttäuscht, daß sie nicht das prominente Fernsehhotel, sondern bloß die blöde Ausstellung zu sehen bekamen, und gerade als ich vor dem SCHLITTSCHUHLAUFENDEN TOD stand, hörte ich eine Frau sagen, jetzt wisse sie wenigstens, daß sie von diesem Kubin nie ein Bild kaufen würde, selbst wenn sie sich es leisten könnte. Das muß ein totaler Spinner gewesen sein. Das muß ein furchtbar armer Mensch gewesen sein. Bedauerlich. Wann macht denn endlich das Casino auf?

Dank meiner Spaziergänge kenne ich in den Fremdenverkehrsgemeinden rund um den See die einschlägigen Kirchfriedhöfe, da und dort selbst noch touristische Attraktionen; in Maiernigg oder Maria Wörth, Reifnitz oder Pörtschach könnte ich sofort die Grabsteine mit der Inschrift „verunglückt im Wörthersee" herausfinden. Im See zu verunglücken ist wahrscheinlicher, als dort zu verglücken, und die Wasserrettung ist und bleibt ein „Jausengegner" für den See. Die Inschriften berichten immer wieder von Menschen, die noch ihr ganzes Leben vor sich gehabt hätten, von Freizeiteishockeyspielern, auch von Künstlern, Liedermacherinnen von Traurigkeit: Eines Nachts samt Fragebogen in ein Boot gestiegen, in den schwarzen See hinausgerudert und nie wieder zurückgekommen. Unglücksfälle, die mitunter schon so lang zurückliegen, daß Markus Pernhart Kenntnis von ihnen gehabt haben müßte. Oder wenigstens könnte. Grabsteine sind es eigentlich keine, jedenfalls keine auf Gräbern. Die Leichen vieler Ertrunkener werden nie geborgen und bleiben in der Tiefe des Friedhofs Wörthersee verschwunden. Es sind so viele, daß ich sie unmöglich alle ins Personalverzeichnis meiner Dissertation aufnehmen kann. Allein wäre ich nicht gewesen, ganz unten. Das Entsetzen hat Pernhart verschwiegen, die „Brüchigkeit der Welt“, die Plötzlichkeit, mit der man ihr abhandenkommen kann, das „Grauen und den Schrecken und den schmerzvollen Schauder des Lebens sowie die daraus resultierende Konsequenz des Untergangs der Seele“. Den Tiefgang, die Tiefe und überhaupt das TIEF hat der weiche Pernhart gescheut.

MAN HARRT DES SCHREIS
DOCH HÖRT MAN KEINEN LAUT,
sagt Georg Heym. Und der muß es ja wohl wissen.

II

Beobachtung des Gegners

1

So bin ich also zwischen gigantische Ungeheuer hineingeboren und hineingepflanzt, nur bin ich persönlich selbst einer, dessen SCHREI häufig an Ausdrucksschwierigkeiten leidet und nicht so volltönend erschallt, wie er selbst es sich wünschen würde. Ich persönlich bin einer, der kein Echo zusammenbringt. Wer ein Echo entfachen möchte, muß ja zunächst auf die Berge hinauf, Naturmenschen sind diesbezüglich talentierter. Vielleicht fehlt es in meiner engsten Umgebung, vor allem im Mietshaus, am nötigen Resonanzraum, vielleicht fehlt es auch mir ein wenig am „Mut der Verzweiflung", am Mut zur Verzweiflung und an der Entschlossenheit, am LETZTEN EINSATZ und am Punch der Pessimisten, vielleicht nehme ich die Hausordnung zu ernst. Nimmt man die einzelnen Punkte dieser Hausordnung, die drohend im Stiegenhaus hängen, zusammen, sind einfache, bescheidene, schicksalsdevote Typen wie Markus Pernhart einschließlich seiner harmonischen Ameisenhaufen gefordert, keine selbstkultischen Exzentriker, die mit ihren parallelen Vitalitätskundgebungen und Resignationsgesten Unruhe stiften, keine Bohemiens wie Georg Heym, die am liebsten aus Waschkannen saufen, weil ihnen die Gläser zu klein sind, keine Paniker wie Edvard Munch, die SELBSTBILDNISSE IN DER HÖLLE malen. Laut Hausordnung ist Expressionismus vor allem nach 22$^{\circ\circ}$ ausdrücklich untersagt.

DIE STRASSE WIRD ZU EINEM BREITEN STRICH
DIE HÄUSER WERDEN WEISS WIE EINE WAND
DIE SONNE WIRD EIN MOND. UND UNBEKANNT,
GLEICHGÜLTIG, FREMD EIN JEDES ANGESICHT

...lautet eine Strophe bei Heym, die wohl auf den Fluch und die Anonymität der Großstadt Berlin gemünzt ist. Ganz so arg ist die Entfremdung hier an der Peripherie Klagenfurts freilich noch nicht. Nachbarn kann ich von Nichtnachbarn unterscheiden, nur merke ich mir keine Namen. Die Kucherstraße, in der ich wohne, ist schmal und mäßig frequentiert. Allerdings liegen in der Nähe das Feuerwehrzentrum und das Unfallkrankenhaus, übrigens eines der wenigen Unfallkrankenhäuser mit kohlrabenschwarzer Fassade, und so ist jedes zweite Auto entweder ein Feuerwehrauto oder ein Rettungswagen, Blaulicht sehe, Sirenen höre ich oft. Rettungswägen ängstigen mich mehr als Feuerwehrwägen, und ich bin auch ein schlechter Österreicher. Wenn ein Rettungswagen vorbeirast, denke ich nicht: Ich bin's nicht, sondern ich denke immer, wenn ein Rettungswagen vorbeirast: Das könnte ich sein.

Das Haus in der Kucherstraße ist kaisergelb gestrichen und besteht aus drei Stockwerken, jedes Stockwerk ist von einer Partei belegt. Ich habe das oberste Geschoß, eigentlich den Dachboden bezogen und weniger Quadratmeter, weil es eine Mansarde ist, vor allem weniger Kubikmeter und weniger Luft zur Verfügung als die Altparteien unter mir, dafür aber immerhin das Gefühl, daß mir hier oben im Existierersatzzimmer niemand aufsitzt und daß ich nicht besetzt bin. Südfenster gibt es keine, aber auch wenn ich durch das Ostfenster und das Westfenster blicke, springen mich die Karawanken an. Innenarchitektonisch sieht es bei mir nicht sehr viel anders aus als in Carl Spitzwegs Gemälde DER ARME POET, nur den Poeten selbst hätte Spitzweg bei aller Ironie etwas ungemütlicher anlegen können. Ich halte eine Mietmansarde existentialistisch für glaubwürdiger als den Besitz von MIRAMARE oder Schloß Duino, und ich verschwende keinerlei Energie in etwaige Umgestaltungen oder Ausbauten meiner Mietmansarde. Wer jetzt keinen Innenraumdesigner hat, engagiert sich keinen mehr. Schade ist die Dachbodenenge nur für meine Schriften, die darin und daraus entstehen müssen und die in Miramare rein geophilosophisch sicher mondäner gerieten, die bei aller Mondänität freilich auch in Miramare nie und nimmer so korrupt würden, allumfassendes Einverständnis zu hinterlassen, aber dieses Säumnis werden sub specie aeternitatis die Kulturpolitiker zu verantworten haben. Nicht nur die italienischen. Für die Dissertation reicht die Rumpelkammer, und den Stamm der Mannschaft, mit der ich antreten möchte, habe ich jetzt allmählich beisammen. Namen fielen mir natürlich noch haufenweise ein, nur muß ich die einzelnen Mannschaftspositionen auch aufeinander abstimmen. Klopstock zum Beispiel konnte grazil Schlittschuh laufen und Schlittschuhlaufen beschreiben und besingen, aber Klopstock erwähne ich nicht, denn er ist nicht eingebrochen, und wie sagte schon Lessing:

Wer wird nicht einen Klopstock loben?
Doch wird ihn jeder lesen? Nein.
Wir wollen weniger erhoben
doch fleißiger gelesen sein.

Damit auch von Lessing genug, denn Lessing hatte seinerseits mit Eishockey schöngeistig gar nichts zu tun, und „nein“ auf „sein“ zu reimen ist gerade für einen solchen Giganten eigentlich recht primitiv. Fehlt also nur noch mein Mann aus Heerlen.

Aber wenn ich nun auch schon über ein Jahr lang, wie man sagt: UNTER EINEM DACH mit dem berühmten Sugar Sereinig wohne, und obwohl sein Plafond mein Fußboden ist, hat sich aus dieser Fügung des Schicksals doch nicht viel mehr als eine Stiegenhausbekanntschaft entwickelt, das Schicksal denkt sich nicht viel bei seinen Fügungen, dieser Satz wortwörtlich aus der Dissertation. Wir leben gewissermaßen in einem Haus, aber in zwei Welten. Es kann gut sein, daß hauptsächlich ich und meine unterkühlte Art und meine Unzulänglichkeit und Unzugänglichkeit für unsere Beziehungslosigkeit verantwortlich sind. Vielleicht würde er mich insgeheim gern besser kennenlernen und ein bißchen was über die immerwährende Untauglichkeit des Kosmos erfahren, über Geopathie und Existenzängste und Zentralheizungskopfschmerzen, vielleicht wäre er sehr interessiert, wenn ich ihm gegenüber noch einmal ganz am Anfang beginne und erzähle, daß mich meine Eltern am 16. Jänner 1967 beim Schlittschuhlaufen in der Pörtschacher Bucht des Wörthersees einen Moment lang aus den Augen gelassen haben, weil sich unser Pudel plötzlich losgerissen und in Richtung Seemitte davongemacht hatte, aber von Geselligkeit und stundenlangen Plaudereien und Lebenserzählungen steht in der Hausordnung auch nichts. Zum Plaudern fehlt mir das Spezialvokabular. Wohl sehen wir uns hie und da von ANGESICHT ZU ANGESICHT auf der Treppe und begrüßen und verabschieden und bewundern uns höflich, ich sein unaufhörliches Topscoren und Penaltykillen, er mein unaufhörliches Tippen und Klopfen, das durch das geöffnete Kippfenster an die Außenwelt kommt, wohl borgt sich Sugar von mir fallweise persönlich Würfelzucker aus, aber genaugenommen weiß ich über ihn auch nach über einem Jahr aus dem Fernsehen und aus Zeitungen und Zeitschriften viel mehr als aus den persönlichen Begegnungen. Ich habe ihn von mir aus nie nach seiner Herkunft und seinem Privatleben gefragt, nie erkundige ich mich, wie es ihm geht oder was ihm fehlt. Gerade in meiner Position wäre es arrogant und lächerlich, etwaige Mitleidsfragen zu stellen. Ich bin nicht sein Doktor und sein Therapeut, der ihn versteht und der ihm wirklich zuhört. Ich glaube, er hat überhaupt keinen. Die Geheimnisse des Lebens verheimlichen wir einander. Während ich frühstücke, höre ich Sugar ein Stockwerk tiefer zum Beispiel jammern und jaulen, schlage die Zeitung auf und lese in Riesenlettern, daß er am Vorabend eine schmerzhafte Zehenprellung erlitten hat. So bin ich immer bestens informiert und muß sein GESCHREI erst gar nicht eigens interpretieren.

2

Dem Exklusivinterview einer großen Sportzeitschrift habe ich zum Beispiel Sugars Bekenntnis entnommen, daß „der beinharte Kampf um die schwarze Scheibe“ „so manches Opfer“ verlange und keineswegs immer ein „Honiglecken“ sei; als ob die breite Masse der Leser und die große Sportöffentlichkeit sein Therapeut wäre. Schon vor Jahren als „Junior“, in einem Alter, in dem andere Menschen kaum damit begonnen haben zu erwachen, habe er bereits den ganzen Umkreis menschlicher Eishockeystadien umschritten und daher nicht einmal die Weihnachtsfeiertage im „Kreise der Familie“ zubringen können, sondern fern der Karawanken bei der Juniorenweltmeisterschaft in Norwegen, das besonders im Winter ein unwirtliches, finsteres Land ist, zubringen und im Kreise seiner Pubertätsgenossen, darunter etliche schräge Vögel, Rauhbeine und Nachwuchskiller, die norwegische Fassung von „Stille Nacht“ absingen müssen, die dem heiligen Sinnhintergrund des Liedes widerstrebend wie die Nationalhymne von Uruguay geklungen hat. Nichts gegen Uruguay, aber zu Weihnachten hat man ja doch intime Gefühle. Eine Art religiöses Fingerspitzengefühl. Weil Sugar damals trotz Wuchs und Kraft und Leidenschaft und so weiter noch keine Begleiterin zur exklusiven Verfügung hatte, die seinem Genitalschutz eine zwischenmenschliche Dimension und das Flair eines Generationenvertrages verliehen hätte, haben ihm seine Kameraden – allesamt keine Kinder von Traurigkeit und auch in unwirtlichen, finsteren Ländern jederzeit für jedermann verständliche Späße zu haben – zu Weihnachten eine aufblasbare Plastikpuppe geschenkt, die allerdings höchstwahrscheinlich serienmäßig und dementsprechend ohne Liebe und ohne Fingerspitzengefühl produziert und obendrein auch nicht sonderlich naturalistisch gestaltet war. Ihr Mund etwa hat ausgesehen wie das Loch eines Abflußrohrs, das übrigens zwischen den Beinen wieder an die Puppenoberfläche gelangte. Das soll vielleicht schon so sein, nur beim Menschen handelt es sich diesbezüglich um eine Einbahn; ein Wesen also made in Thailand, das dem Abenteuer eines Thailandtouristen mit einer ortsansässigen Luftmatratze entsprungen sein muß. Weil geben schöner als nehmen ist, haben sich die Kameraden über das Geschenk auch wesentlich inniger freuen können als er selbst. Da habe sich der junge Sugar laut Sportmagazin im Lichterschein des elektrisch beleuchteten Kunststoffweihnachtsbaums, ebenfalls made in Thailand, im Gemeinschaftsraum der norwegischen Jugendherberge die aufblasbare Plastikpuppe in Armen schon einmal gefragt, „welchen Sinn denn das alles hat und wozu das alles gut ist“. Prompt ging natürlich das Spiel am Christtag verloren.

Aber man darf niemals aufgeben und gerade dann nicht, wenn man untergegangen, wenn die Situation schwierig ist und der Erfolg ausbleibt oder wenigstens nicht ZÄHLBAR ist. „Aufgeben tut man einen Brief“, hat ihm der Vater Sepp immer wieder eingetrichtert, obwohl der Vater eigentlich und genaugenommen auch einen Brief, jedenfalls einen grußportosprengenden Brief nie aufgeben getan hat, was dementsprechend auch das Klügste gewesen sein tut. Lange Briefe schreiben und geben Kinder von Traurigkeit auf. „Im Kreise“ hätte sich Sugars Familie damals, als er zum ersten Mal im Land der Fjorde war, rund um den Tannenbaum auch gar nicht mehr aufstellen können, nicht einmal im Dreiecke, damals waren seine Eltern nämlich schon geschieden und getrennt. Als Sugar ein Junior war, hat sich die Karawankenbärenmama nach vielen einsamen Ehejahren und vielen aufgegebenen Ansichtskarten aus der nördlichen Hemisphäre vom Karawankenpapa scheiden lassen, was den Karawankenbärensohn „innerlich“ härter getroffen hat als der härteste Faustschlag eines Gegenspielers. Ohne den Karawankenbärenpapa hat die Karawankenbärenmama keinen Honig geleckt. Geschieden waren die beiden allerdings eigentlich schon immer, vom Tag der Hochzeit weg, eine große lebenstechnische Umstellung kann die Scheidung für die beiden nicht bedeutet haben. Wie schon die Hochzeit monatelang verschoben werden mußte, weil ER nie da war und keine Zeit hatte, mußte schließlich auch die SCHEIDUNG monatelang verschoben werden, weil ER nie da war und keine Zeit hatte. Man kann sich ausmalen, wie erleichtert SIE gewesen sein mußte, als ER endlich einmal da war, damit SIE sich von ihm trennen konnte. Jahrelang hat die Karawankenbärenmama den Karawankenbärenpapa praktisch nur aus der Zeitung und aus den großen Sportzeitschriften und aus dem Fernsehen gekannt. Viele Jahre ist sie mutterseelenallein am Familienkamin gesessen, und wenn sie mit den Zeitungen und großen Sportzeitschriften fertig war, hat sie die großen Modeundzeitgeistundfrauenzeitschriften durchgeblättert und gelesen, daß die Existentialistenfarben grau & schwarz entweder nach wie vor unschlagbar oder gerade wieder einmal brandaktuell und hoch in Mode sind. Ausgesprochen schön ins Sein geworfene Models präsentierten ihr die Existentialistengarderobe von Chanel, Guy Laroche, Issey Miyake und Donna Karan. Das Titelmädchen Christy Turlington, 22, lebt in Paris und New York und trägt eine existentialistische Plüschjacke von Azzedine Alaia. Fran Cooper schminkte sie mit Produkten von Payot. Puder: Poudre Pressée „premier Soleil No. 06“. Augen: Lidschatten-Duo „Vision Ecru No. 90“. Lippen: „Brillant Ambre No. 13“. Haare: Michel Aleman für Frederic Fekkai/New York. Styling: Melka Tréaton. So lernte ELLE die Leugnung jeglicher Transzendenz, die Verabsolutierung der Endlichkeit des Menschen und die Lehre der grenzenlosen Verzweiflung kennen, das heißt, daß sie sich den Honig in die Haare schmieren kann. Und wenn niemand da ist, dem man erzählen kann, daß man einsam ist, wird man wirklich einsam.

Viele Jahre lang hat die Karawankenbärenmama also Nacht für Nacht sehnsüchtig, aber vergeblich auf den Karawankenbärenpapa gewartet, denn der ist von Trainingslager zu Trainingslager und von Spiel zu Spiel und von Turnier zu Turnier gezogen, und er ist von Trainingslager zu Trainingslager und von Spiel zu Spiel und von Turnier zu Turnier immer verkrüppelter nach Hause zurückgekehrt, ein Ritter mit immer traurigerer Gestalt. Das einzige, was sie tatsächlich all die Jahre leibhaftig von ihm hatte, waren seine Zähne, die er ihr immer mit nach Hause brachte und die sie in einer Schachtel aufbewahrte. Nur in „Löwenhöhlen" geriet das Blut des Karawankenbären „in Wallung", nicht in der Zimmerwohnlandschaft. Am Eis „stand er unter Strom", zu Hause sah er anschließend und dementsprechend aus wie eben einer aussieht, der unter Strom gestanden ist, da halfen auch die Verlockungen von Poudre Pressée „premier Soleil No. 06", „Vision Ecru No. 90" und „Brillant Ambre No. 13" nichts. Im „Hexenkessel" geriet er in einen „Spielrausch", am „heimischen Herd" und „hinter der Ofenbank" blieben nur noch Kopfbrummen, Eisbeutel, Ernüchterung, Katerstimmung und Katzenjammer übrig: Bilder des Verfalls, der Öde und der Stagnation, Bilder des Ekels und des Elends und der Qual. Irgendwann wird es einer im Lauf der Jahre auch zu blöd, die Zeitungsausschnitte über ihren Gatten zu sammeln und gewissenhaft in die Dokumentenmappe zu kleben, angefangen mit den Hochzeitsphotos, die seinerzeit im Sportteil aller Zeitungen umfangreich veröffentlicht wurden. Die Zeitungen schrieben damals, Sepp hätte einen SENSATIONSTRANSFER getätigt und beginne nun das WICHTIGSTE MATCH SEINES LEBENS. Sie ist sich damals beim Studium der Zeitungen wie die Auswärtsmannschaft vorgekommen. Es hat sie auch nachdenklich gemacht, daß nicht nur die gesamte Eishockeymeistermannschaft in voller Montur mit Helmen und Stöcken, der Torhüter mit Maske zur Trauungszeremonie erschienen ist, sondern daß sich selbst ihr Bräutigam für die Photographen noch vor der Kirche sein Vereinstrikot über den Frack gestreift hat und ihr mit dem Fanghandschuh in den weißen Schleier hineingefahren ist. Aber sie hat die geschmacklose Ausgangsposition anfangs unterschätzt. Daß der Vater zu allem Übel auch noch ihrem gewissermaßen zwischen Tür und Angel zusammen erzeugten und anfangs gemeinsamen Sohn seine Begeisterung für den „Sport, der aus der Kälte kommt" „mit in die Wiege", die morsche, gelegt hat und nach seinen zwölf Meistertiteln und dem Ende seiner aktiven Karriere nicht Ehemann und Familienvater und kein Teddybär, sondern Nachwuchsbetreuer, Funktionär und später Eishockeyverbandskapitän geworden ist, daß er als Funktionär nach wie vor von Trainingslager zu Trainingslager und von Spiel zu Spiel und von Turnier zu Turnier tingelt und nach wie vor eishockeyrauschig und elektrifiziert nach Hause kommt, hat seine Frau auf Dauer nicht verkraften können. Noch am Tag der Geburt, gleich nach dem Bekanntwerden des Geschlechts, hat der Sepp seinen Sugar im Sekretariat des KAC angemeldet, und Sugar war Vereinsmitglied beim KAC, noch ehe er eine Geburtsurkunde oder gar einen Taufschein hatte. Die Karawankenbärenmama ist selbst keine Karawankenbärin, sondern eher ein sensibles Karawankenreh, und das gibt es eigentlich nicht. Als seine Eltern damals schließlich infolge total mißlungener Refamilisierung vor dem Scheidungsrichter, vor dem Zebra in Zivil standen, und der Scheidungsrichter ein Spiel mit zwei Niederlagen rechtskräftig abpfiff, WEGEN SPORTLICHER WERTLOSIGKEIT, könnte man sagen, brach für Sugar „eine Welt zusammen", die nördliche Hemisphäre mitinbegriffen. Es kann doch nicht sein, daß wir in einer Welt leben, in der Plastikpuppen aus Thailand wirklich die ultima ratio und die einzig praktikable Dauerlösung sind. (Psycho). Er hatte, selbst noch ein halbes Kind, alle Bilder der zerrütteten Elternbeziehung vor Augen, dieses „Debakels“, in dem sich Vater und Mutter nicht nur fremd, sondern geradezu anonym geworden waren, und da fragte sich Sugar wieder einmal, „welchen Sinn denn das alles hat und wozu das alles gut ist“. Aber letzten Endes hat Sugar leider nie einen anständigen Logotherapeuten kennengelernt und also die Chance, „das innere Erlebnis über das äußere Leben“ zu stellen und mit „aufwühlendem, anklägerischen Pathos“ die „Welt der Väter“ zu negieren, nicht genutzt, Sugars Konsequenz aus den Bildern des familiären Verfalls und der Öde und der Stagnation und des privaten Elends und Infernos war erst wieder nur, Eishockeyheld und Karawankenbär zu werden. Gewissermaßen Ergotherapie als Logotherapietherapie, auch wenn Sugar das SO im großen Sportmagazin nicht zum Ausdruck brachte. Ich zitiere wieder mich selbst. Schafft heute ein schüchterner Frischling den „Sprung“ in die „Kampfmannschaft“ und bekommt gewissermaßen als verständlichen Spaß und Einstandsgeschenk eine aufblasbare Plastikpuppe mit Abflußrohr, klopft der mittlerweile mit dem Rauhbeinhumor vertraute und eishockeymannschaftslebenserfahrene und aus Schaden altklug gewordene Kapitän Sugar dem Neuling väterlich auf die Schulter und rät ihm „im Stile eines Routiniers“, er soll einen Brief aufgeben. Die „Not des alten Menschen“ hört nicht auf, die Sehnsucht und die „Hoffnung auf den neuen Menschen“ erfüllen sich nicht, seinen SCHREI widmet Severin Sereinig nach wie vor den Zehenprellungen.

3

Jedenfalls läßt sich Sugar mittlerweile nicht mehr sonderlich viel Inneres und kaum ein Grundsatzgegrübel anmerken. Sugar ist, wie sein Trainer betont, nicht aus Zucker. Als wir uns einmal im Stiegenhaus begegneten, (ich bezeichne dieses Treffen in meiner Dissertation DIE ERSTE STIEGENHAUSZÄSUR) – Sugar kam gerade die Treppe herunter, um einen in Brüche gegangenen TITAN hausordnungsgemäß und auch mythologisch korrekt im Keller zu verstauen, ich wiederum hatte mir zur genaueren Beschäftigung mit meinem WELTBILD eine vergrößerte Farbphotographie von Munchs SCHREI für mein Existierersatzzimmer anfertigen lassen und kam nun eben mit einem Brocken Dissertation im Kopf und mit Munchs SCHREI unterm Arm nach Hause – erkundigte sich Sugar im Rahmen der täglichen Höflichkeit prompt, ob meine Nichte – zu dem Zeitpunkt zweieinhalb – das Bild gemalt hätte und lobte in seinen Worten spontan die auf drei Grundfarben abgestimmte Koloristik. „Etwas verschwommen“, kommentierte er allerdings auch in seiner „direkten, unverfälschten Art“, damit meinte er wohl den „erregten Linienfluß“. Das Motiv müsse ganz gewiß aus dem Film GHOSTBUSTERS genommen sein, GHOSTBUSTERS seien ja letzte Woche im Fernsehen gelaufen, sagte er, sehr originell, sehr kreativ, sehr „witzig“. Ein „Supertalent“. Ich habe, weil ich mich als Oberlehrer nicht recht leiden kann, und weil ich kunsthistorische und kulturphilosophische Unterweisungen im Stiegenhaus anmaßend finde, außerdem auch immer billigen Widerspruch fürchte und vermeiden will, Munch und den Expressionismus und den expressionistischen Existentialismus verleugnet, die letzten Reserven meiner Frustrationstoleranz mobilisiert und schließlich JAJA gesagt, PUTZI PINXIT. Ich bin kein sonderlich heldenhafter Charakter und weder von direkter, noch von unverfälschter Art, das Martyrium eines Mediensprechers der Metaphysik nehme ich nicht für Gottes Lohn auf mich. Und nicht zu vergessen die Zentralheizungsdauerkopfschmerzen. Ich habe mich wie so oft auf eine ganz private Protest- und Trauerkundgebung beschränkt und oben in der Wohnung angekommen ins rechte obere Eck meiner Farbphotokopie des SCHREIS einen schwarzen Schrägstreifen geklebt, die unschlagbare Existentialistenfarbe. Ruhe in Frieden, fliegender Norweger!

Mittlerweile kennt Sugar und kennt jedes Kind den SCHREI natürlich, und meine Kondolenz ist trotzdem nach wie vor aktuell. Der SCHREI hat schließlich nicht in Frieden ruhen können, sondern ist – Jahre nach Sugars erster Norwegischer Reise, aber gewissermaßen wieder in Sugars Anwesenheit – am Eröffnungstag der Olympischen Winterspiele in Lillehammer aus der Nationalgalerie in Oslo gestohlen worden. Das Fernsehen meldete den „Coup" ausgerechnet in der Drittelpause des Eishockeyländerkampfs ÖSTERREICH : DEUTSCHLAND, bei dem Sugar zwar einen PRACHTTREFFER ERZIELTE, aber die UNGLÜCKLICHE 3:4-NIEDERLAGE NICHT VERHINDERN KONNTE, und strahlte, um die Pause zu füllen, auch den Einbruch selbst aus, den eine Überwachungskamera aufgezeichnet hatte: Die vermummten Täter lehnten eine ordinäre Holzleiter an eine Wand der schlecht bewachten Nationalgalerie – ein Drittel aller norwegischen Polizisten waren von Oslo nach Lillehammer für Olympia abgezogen und alle Nationalgaleriebediensteten schauten Eishockey statt Einbruch – kletterten hinauf, fielen recht ungeschickt wieder von der Leiter herunter und purzelten in den Schnee, kletterten abermals hinauf (aufgeben tut man einen Brief), schlugen ein Fenster ein, lösten einen Alarm aus, ließen sich durch den Lärm der Sirene aber an der Abnahme des Schreis des Entsetzens vor der Natur, die vor Zorn errötet und sich anschickt, durch Sturm und Donner zu den törichten kleinen Wesen zu sprechen, nicht stören, ließen Leiter, Werkzeuge und Alarmgekreisch zurück (VERHÖHNUNG DES GEGNERS) und waren, als die Restpolizei endlich eintraf, wie anderentags zu lesen war, „längst über alle Berge", welche Berge konkret, wäre schon rein geophilosophisch interessant gewesen und hätte geoeudämologisch auch meine Dissertation um ein großes Stück weitergebracht, wurde aber nicht erwähnt. Und der SCHREI selbst wird bloß wegen seines Diebstahls wohl auch nicht lauter geschrien haben.

Die Zeitungen berichteten in großem Umfang über den Diebstahl. Wenn Österreich nicht gleichzeitig gegen Deutschland Eishockey gespielt hätte, hätte womöglich sogar die Titelseite hergehalten, und sowohl aus österreichischer, wie auch aus norwegischer Sicht lag fortan „ein Schatten" über Olympia. Der österreichische Schatten wurde allerdings im Lauf der Spiele leider noch länger und noch dunkler, als die österreichische Auswahl im Anschluß an die unglückliche Deutschlandniederlage auch noch gegen die über ihren Schatten springenden norwegischen Eishockeylokalmatadore 3:4 verloren. Einhellig nannten die Zeitungen den SCHREI ein „weltberühmtes Gemälde", dessen „materieller Wert in zweistelliger Millionenhöhe liegen dürfte". Von etwaigen anderen Werten war in den Zeitungen nirgendwo die Rede. Eine Zeitung meinte lapidar, der SCHREI habe in Norwegen die gleiche Bedeutung wie die MONA LISA in Paris. Persönlich möchte ich dazu anmerken, daß mich die Mona Lisa in ihrem schwabbeligen Liebreiz zwar auch nicht besonders anzieht und nicht ästhetisch luststeigernd auf mich wirkt, aber den „horror vacui" drückt die Mona Lisa auch nicht gerade aus, sogar Rilke dürfte spurlos an ihr vorübergegangen sein. Die Mona Lisa macht mir nicht den Eindruck, als hätte man ihr bereits ein Grab ausgehoben, die Mona Lisa schaut nicht drein, als sei ihr Kopfinneres mitten im Zerfressen begriffen. Ein bißchen Wasserkopf womöglich, aber noch nicht klinisch zu behandeln. Am ehesten macht mir die Mona Lisa den Eindruck, als schielte sie nach einem Pariser Genitalschutz. Insofern kann sie wohl auch nicht die gleiche Bedeutung haben. Es sei denn, BEDEUTUNG bedeutet wirklich nichts anderes als Banknoten, Wert Marktwert, also Tauschwert, Wahrheit Kostenwahrheit. Und nichts ist dann darinnen. In dem Fall sollte man aber doch auch die Nationalgalerie in Nationalbank umbenennen. Der Mensch, fällt mir als Expressionist ein, BEDEUTET rein materiell umgerechnet übrigens ungefähr fünfundachtzig Schilling, etwa das gleiche wie eine Eishockeystehplatzkarte für Wehrmänner und Pensionisten, ist also umgerechnet auf jeden Fall ein schlechtes Geschäft und gar nichts, verglichen mit dem horror vacui.

Anstelle einer Deutung der Bedeutung des SCHREIS überschlugen sich in den Zeitungen die Mutmaßungen bezüglich des Diebstahlmotivs. Zuerst kamen anonyme Naturschützer unter Verdacht, dann anonyme Abtreibungsgegner, die das norwegische Fernsehen durch den Diebstahl veranlassen wollten, die Dokumentation „Der stille Schrei" auszustrahlen, in der das erschütternde Schicksal eines Fötus nach der Abtreibung gezeigt wird. Das norwegische Fernsehen ließ sich aber nicht erpressen und begnügt sich vorderhand weiterhin mit der Darstellung des erschütternden Schicksals nicht abgetriebener Föten, auch wenn das norwegische Fernsehen diese Programmlinie SO nicht zum Ausdruck brachte. Überhaupt scheint mir unter allen „weltberühmten Gemälden", unter allen Weltbildern mit „materiellem Wert in zweistelliger Millionenhöhe" der SCHREI das mit Abstand ungünstigste Gemälde für Propaganda GEGEN Abtreibung zu sein. Der SCHREI macht mir nicht den Eindruck, als wäre er besonders neugierig auf unseren Weltenbau, und er hat aus gutem Grund keine Zipfelmütze aufgesetzt. Das Bild eines Weltkünstlers zu stehlen, der nach eigener Aussage gestorben ist, als er geboren wurde, um damit gegen Abtreibung mobil zu machen, ist paradox. Allenfalls hätten die Abtreibungsgegner die Mona Lisa stehlen dürfen, den SCHREI hätten sie bloß VERSTECKEN dürfen, aber der war in der Nationalgalerie von Oslo eigentlich ohnehin recht gut versteckt. Hinter der Schallmauer. Das Hauptproblem in der Geschichte des Kunstdiebstahls ist, daß die Kunstdiebe vor dem Kunstdiebstahl keinerlei Qualifikation als Kunsthistoriker und Kunstphilosophen nachweisen müssen und bar jeder Empfindsamkeit stehlen können, was und warum sie wollen. Prompt wurden nach den Forderungen der Naturschützer und der Abtreibungsgegner auch ganz banale und profane Lösegeldforderungen in der Höhe von umgerechnet 12,6 Millionen Schilling deponiert.

Der Interpolchef hingegen tippte eher auf eine AUFTRAGSARBEIT, weil man „so berühmte Werke nicht verkaufen" könne. Das Bild habe ein „spinniger Kunstliebhaber" bestellt und bewundere es jetzt „in seinem Kellerstüberl". Daß Kunstliebhaber SPINNIG sind, ist auch für die zuständigen Hofräte der ÖSTERREICHISCHEN KULTURGUTFAHNDUNG im Büro für Erkennungsdienst und Kriminaltechnik praktisch zwangsläufig und pleonastisch. Die Existenz nichtspinniger und nicht kellerstübchenwesenartiger Kunstliebhaber ist im Büro für Kulturgutfahndung völlig ausgeschlossen und denkunmöglich, auch wenn die Kulturgutfahndung nicht schlüssig zu erklären vermag, was es ausgerechnet am panischen Schrei vor dem Nichts der Welt zu bewundern im Sinn von genießen gibt, es sei denn, es handelt sich beim Bewunderer um einen außergalaktischen Sadisten. In dem Fall wäre aber auch Interpol fahndungstechnisch heillos überfordert. Die Kulturgutfahndung füttert ihren Computer jedenfalls trotzig mit allen Daten gestohlener Bilder und

Gemälde (SCHREI: 91x73,4 cm, entst. 1893, Munch 1863–1944, Diebstahlsdauer 50 sec.), mit allen Daten aller amtsbekannten spinnigen Kunstliebhaber und Kellerstüberlbesitzer, um es „kulturfernen Beamten zu erleichtern, beschlagnahmte wertvolle Gemälde als solche zu erkennen". KULTURFERN ist ein sehr kunstvolles Adjektiv. Die Wiederauffindungswahrscheinlichkeit liegt bei 10 %. Ein unbestrittener Dienst des Kunstdiebstahls an der Kunst besteht darin, daß er Kunst interessant und medienwirksam macht. Gratiswerbung gewissermaßen. Animiert durch den gestohlenen Munch ereiferte sich eine Zeitung, eine eigene Kunstdiebstahlshitparade zu publizieren. Regierender Europameister ist demnach der Spanier Picasso, mit 32 gestohlenen Bildern, mit Respektabstand folgt Rembrandt (18), Platz 3 belegen ex aequo Dali und Warhol (beide 15). Gerade noch am Stockerl. Der Tepp am Ende der Tabelle heißt Vincent van Gogh, von dem zwei Bilder gestohlen worden sind, nachdem und obwohl er selbst überhaupt nie eines verkauft hat. Und die Malerei hat diesbezüglich einen wesensspezifischen Vorteil gegenüber allen anderen Kunstsparten, vor allem gegenüber der Literatur. Kein Dieb hat sich jemals für Georg Heyms Novelle DER DIEB interessiert. Von Heimito von Doderer etwa kann man praktisch alles stehlen, wirklich unersetzbar ist nur sein Schlafrock. Literatur als solches könnte dem Kunstmarkt gestohlen bleiben, wäre sie gestohlen worden, Literatur wird aber in der Regel eben nur gestohlen, wenn sie gemalt ist, zum Beispiel Carl Spitzweg, DER ARME POET, aber überaus wertvoll.

Wie auch immer: 91x73,4 cm Vakuum genau an der Stelle, wo eben noch der SCHREI gewesen war. Laut Zeitungen trauerte Norwegen, war erschüttert, fassungslos (hatte keinen Spaß am Sex mehr, sah hoffnungslos in die Zukunft, begann mit Massennägelbeißen, ging ständig in die Wälder hinaus etc.) und hätte dementsprechend eigentlich aus dem Rahmen fallen und gegen Österreich haushoch verlieren müssen. Tatsächlich hat aber umgekehrt Österreich gegen Norwegen verloren und ist überhaupt letzter des Olympischen Eishockeyturniers geworden, wahrscheinlich, weil die Österreicher ihrerseits noch viel erschütterter waren, daß niemand auf die Idee gekommen ist, anläßlich der Olympiade die Bilder des in der ganzen Kucherstraße weltbekannten Ernst Kucher zu stehlen und bekannt zu machen, obwohl sich die Kuchers für einen solchen Sensationsraub doch geradezu aufgedrängt haben. Wie immer bei Olympischen Spielen hat die österreichische Delegation auch in Lillehammer ein sogenanntes Österreicherhaus errichtet (die Welt ist klein), einen Sportlertreffpunkt, eine Art kombiniertes Gasthaus und Fernsehstudio, und weil Sport und Kunst bekanntlich ein inniges Verhältnis unterhalten, hat man das Österreicherhaus mit Kuchers Gemälden geschmückt, zur Erbauung der Olympioniken und Adabeis beim Après-ski und Après-Rodeln und Après-Eishockey und Après-Interview. Der schon vor Jahren verstorbene Kucher war nämlich ein großer Norwegenfreund, und seine aquarellistischen Idyllen tragen Titel wie HAFEN VON OSLO oder LILLEHAMMER IM WINTER. Selbstredend ist der HAFEN VON OSLO viel schöner und sauberer als der Hafen von Oslo und LILLEHAMMER IM WINTER viel gemütlicher, anmutiger und wärmer als Lillehammer im Winter. Kein Vergleich. Ein einziges Kucherbild der Ausstellung im norwegischen Österreicherhaus unterscheidet sich infolge Stilbruchs kraß von allen übrigen, Kuchers sehr aufrührendes Selbstportrait nämlich: Hier ist das Beschwörende und Explosive und die Panik plötzlich da. Inmitten der kitschigen Schönheiten des Nordens, inmitten der verzückten Landschaftsliebeserklärungen in Wasserfarben die Erschrockenheit über sich selbst in Öl. Sicher werden sich die Österreichischen Spitzensportlerinnen und Spitzensportler durch das Ambiente angeregt abends im Österreicherhaus immer wieder darüber unterhalten haben, wie Kucher zu einem so schreienden Kontrast innerhalb seines Lebenswerkes kommen konnte. Was hat uns Kucher sagen wollen? Was hat Kucher gemeint? Und ist er überhaupt glaubwürdig? Sicher werden einige mit Kuchers TAGESVERFASSUNG argumentiert haben, mit einer expressionistischen EINTAGSFLIEGE. Andere wieder werden – ganz kryptisch – gemeint haben: Die Bilder, die man nicht selbst malt, bekommt man! Und sicher werden erst gegen Mitternacht die Trainer und Betreuer und Physiotherapeuten entsetzt ins Österreicherhaus hineingestürzt sein und verzweifelt geschrien haben, JETZT ABER SCHLUSS MIT DEM DAUERNDEN NACHDENKEN!

Umgekehrt werden die Österreichischen Olympioniken von den Kuchers umzingelt aber doch mit Kucher mitgezittert haben, der anläßlich der Olympiade die Jahrhundertchance nützen wollte, sich postum der Weltöffentlichkeit als Sugars Hintergrund zu offenbaren, endlich sein Winkelimage wegzubekommen und mit HAFEN VON OSLO und LILLEHAMMER IM WINTER endlich den bedeutenden Tabellenplatz zu bekommen, der ihm gebührt. Und dann von Wettkampftag zu Wettkampftag das bange Warten und die immer nachhaltigere Ernüchterung, die „herbe Enttäuschung“, die sich abzeichnende, schleichende Niederlage: Während der gesamten Olympischen Spiele ist nicht ein einziges Kucherexponat entwendet worden, dabei wären doch gerade HAFEN VON OSLO oder LILLEHAMMER IM WINTER ganz sicher etwas für die Umweltschützer gewesen. Wenigstens den HAFEN VON OSLO oder LILLEHAMMER IM WINTER hätte man hier in Norwegen behalten können, anstatt sie zurück in die Karawankenverbannung zu schicken. Nicht einmal für den Kucherschen expressionistischen Einzelfall, nicht einmal für die Eintagsfliegenexplosion hat sich ein spinniger Kunstliebhaber und ein Kellerstübchen gefunden. Außer der Show ist dem armen Kucher gar nichts gestohlen worden. Entweder hing die Ignoranz damit zusammen, daß die Norweger nichts von Kunst verstehen, oder daß sie nicht nur KULTURFERN, sondern auch ausländerfeindlich und vor allem ausländerexplosionsfeindlich sind, oder eben, daß sich der materielle Wert der Kuchers nicht in zweistelliger Millionenhöhe bewegt. Vielleicht war LILLEHAMMER IM WINTER durch 1/3 der norwegischen Polizei ganz einfach zu gut gesichert. Jahrzehntelang hat Ernst Kucher geduldig auf diese einmalige Konstellation gewartet, daß die Olympischen Winterspiele ausgerechnet in Norwegen und sogar in Lillehammer stattfinden, genau dort, wo ihm dereinst der künstlerische Knopf aufgegangen ist, und jetzt, im allesentscheidenden Augenblick, wird ihm Edvard Munch vorgezogen, den man immer schon hätte stehlen können. Eine wirklich mehr als unglückliche Niederlage. Bis zum nächsten Olympiaanlauf sind jetzt wieder mindestens hundert Jahre Einsamkeit.

So kam also Sugar mit der roten Laterne aus Lillehammer in die Kucherstraße zurück, und die frustrierten Kuchers wurden nach Beendigung der Spiele und dem Verlöschen des Olympischen Feuers samt und sonders und in geradezu diffamierender Vollständigkeit wieder nach Kärnten transportiert. Recht bald nach diesem „Verschwinden in der Versenkung“ und dem Kucherschen Untertauchen tauchte der Munchsche SCHREI in Norwegen wie zum Hohn unversehrt wieder auf, allerdings erstens, ohne daß auch nur eine einzige der zahlreichen mysteriösen Forderungen nach Lösegeld oder Wunschprogramm tatsächlich erfüllt worden wäre, also gratis, und zweitens verglichen mit der aufsehenserregenden Entwendung eher unspektakulär und daher medial unauffällig. Das innerseelische Aufatmen und die grenzenlose Erleichterung aller Norwegerinnen und Norweger, ihr frenetischer Jubel und ihre ausgelassenen Feiern (JUHU, DER SCHREI IST WIEDER DA!) waren den Zeitungen nur noch Randnotizen wert. Die Frohbotschaft, daß der SCHREI des Entsetzens vor der Natur, die vor Zorn errötet und sich anschickt, durch Sturm und Donner zu den törichten kleinen Wesen zu sprechen, nun wieder in der Nationalgalerie von Oslo, die nun auch wieder so heißt, zu besichtigen ist, nahm die Weltöffentlichkeit doch eher abgebrüht zur Kenntnis. Munch jedenfalls ist in der Europameisterschaftstabelle vorderhand um einen Platz zurückgefallen. Das hat jetzt aber mit Expressionismus wirklich nicht mehr viel zu tun. Mein Trauerflor kann bleiben.

4

Überhaupt kauft mir meinen eigenen Existentialismus und mein eigenes panisches Bewußtsein auch niemand so recht ab, den Kälteschock der Geburt und das extrauterine Leben hat schließlich ein jeder zu verdauen, heißt es, nur daß die Verdauung bei vielen offenbar ganz automatisch funktioniert. Als hätten sie ein innerseelisches Abflußrohr in sich. Die vorliegende dissertationsunterstützende und stoffsammelnde kleine Schrift ist auch tatsächlich die erste meines gesamten literarischen Schaffenswegs, für die ich die Idee hatte, mit einem individuellen traumatischen Erlebnis zu protzen. Ich weiß, daß es Leute gibt, die beim Eislaufen einbrechen und anschließend trotzdem eine bürgerliche Existenz aufbauen und bürgerliche Berufe ergreifen können. Ich weiß, daß es Leute gibt, die beim Eislaufen einbrechen und trotzdem nicht einen Gedanken daran verschwenden, die Karawanken zu sprengen. Ich weiß, daß es Leute gibt, die beim Eislaufen einbrechen und trotzdem dem KAC die Daumen halten. Ich weiß, daß es Leute gibt, die beim Eislaufen einbrechen und anschließend trotzdem ohne Munch und Strindberg auskommen. Ich weiß, daß es Leute gibt, die beim Eislaufen einbrechen und nicht darüber dissertieren. Aber im Unterschied zu all diesen Leuten ist in meinem Fall ein Teil von mir offenbar untengeblieben, von Millionen und Abermillionen Tonnen Wasser verschüttet. Ein Teil von mir ist nie zurückgekehrt und nie geborgen worden. Gewiß, ich bin ein Einzelfall, ich weiß. Aber ein Einzelfall ist immerhin unter Garantie kein Klischee.

Ich wollte immer einen existentialistischen Roman schreiben, nie Heimatromane, aber mir will scheinbar kein wirklich existentialistischer Roman gelingen. Alle, die in Kärnten existentialistische Romane schreiben wollten, haben bloß deprimierende Bauernhofgeschichten zusammengebracht. Dabei sind diese deprimierenden Nachrichten aus der Provinz, die Bildnisse der Dorfbrutalität und der Ackerbauundviehzuchthölle und des Kreuzanbetungsdrills und des Kleineleuteterrors in der Abgeschiedenheit immerhin unangenehm treffend. TRAURIGES AUS ÖSTERREICH. An die gutmeinenden Drehbücher gutmeinender Wien-Klagenfurter über das Leben der Menschen an der Grenze zum Süden darf ich ja gar nicht denken. Die zeichnen die Menschen, als seien sie seit beinahe einem Jahrhundert rund um die Uhr von früh bis spät von der Geburt bis zum Tod in jeder Zehntelsekunde ihrer Existenz und in jeder Faser ihres Wesens rein gar nichts als durch und durch volksgruppenpolitische Plastikpuppen. Als ob hier keine WELT wäre. Justamentnaturalismus ist immer eine Karikatur, und da wäre es geschickter, gleich absichtlich zu karikieren. Immer spielen in diesen Drehbüchern gewissermaßen Olympia Laibach und der KAC gegeneinander, aber zum Beispiel niemals Eishockey. Diese fürchterlich peinlichen Drehbücher haben auch prompt heftige Kritik hervorgerufen, aber nicht, weil sie fürchterlich peinlich sind, und die Kritik hat sich auch nicht gegen das Phänomen des Plastikpuppenpersonals als solches gewandt, sondern bloß gegen die Tatsache, daß die Drehbücher mit der Plastikpuppenminderheit sympathisieren und in der Perspektive der slowenischen Plastikpuppen gedreht sind – heutzutage muß der Heimatdienst für jeden Strohhalm dankbar sein. Als ob slowenische Plastikpuppen eine Perspektive haben könnten. Als ob unsereins und sein verstümmeltes Leben tatsächlich bloß aus dem dramatischen Grund nicht zur Welt kommen dürfte, weil neben Klagenfurt Celovec steht. Als ob die Sprache der zornigen Natur, Blitz und Donner, tatsächlich zwei Dolmetscher erforderte. Es gibt Werke, die auch durch ihre noch viel stumpfsinnigere Kritik nicht mehr zu retten sind. GUT GEMEINT ist ohnehin das Schlimmste, was man von einem Kunstwerk behaupten kann. Da denke ich noch lieber an die, die sich vor lauter Geographie nach Rom oder Paris GESCHMUGGELT haben. In Rom oder Paris würde mir das Erschütternde des Gewöhnlichen und die systematische Bitterkeit sicher leichter und geographieloser und umweltunabhängiger von der Hand gehen, stelle ich mir vor, vor allem in Paris! Umso weiter nach Westen man kommt, desto unwichtiger wird die Unterscheidung zwischen Norden und Süden. In Paris könnte ich durch die Straßen streifen wie ein Däne durch die Krankenhäuser. Schon wenn ich bloß an Paris denke, fallen mir solche Sätze ein. In Rom oder Paris würde mir bestimmt ein eindrucksvoller existentialistischer Roman gelingen, aber ich bin eben nicht in Rom oder Paris, und es wäre lächerlich, eigens nach Rom oder Paris zu gehen, bloß damit mir ein eindrucksvoller existentialistischer Roman gelingt. Dann halt nicht.

Wäre mir das Pörtschacher Untergangsabenteuer nicht passiert, wäre meine Kindheit äußerlich völlig katastrophenlos und das heißt: schwer auszuschlachten gewesen. Meine Eltern setzten alles daran, daß ich mich auf diesem Planeten willkommen fühlen sollte. Wenn es überhaupt eine schöne Kindheit gibt, dann hatte ich die allerschönste Kindheit, die sich nur vorstellen läßt. Es gibt aber keine schöne Kindheit. Denn auch in der schönsten Kindheit treten von Anfang an Leute auf, die kopfschüttelnd sagen: Du wirst Dich noch wundern. Du wirst schon noch aufwachen. Und von diesem Augenblick an wird die ganze schöne Kindheit von Ängsten beherrscht: Von der Angst, daß alles bloß Illusion sein könnte; von der Angst, daß eines Tages alles einbrechen und untergehen könnte; von der Angst, daß man eines Tages tatsächlich aufwachen und sich unvermittelt auf einem Planeten wiederfinden könnte, der einen ganz und gar nicht willkommen heißt, sondern unentwegt mit seinen furchtbaren Gespenstern auf einen zielt. Man ist ohnmächtig, ausgeliefert, wehrlos; und man kann nicht klagen. Immer muß man von Glück reden. Im Gegenteil der Wirklichkeit ist für den, der von seinen Eltern das Urbewußtsein mitbekommen hat, etwas ganz Besonderes und etwas ganz Außerordentliches zu sein, die Erfahrung umso bitterer, daß er außerhalb der Elternwelt und das heißt: in der Wirklichkeit der Rauhbeinhorde nichts Besonderes und nichts Außerordentliches ist, und er wird sich je nach Stursinn jahre- und jahrezehntelang unter Schmerzen winden, bis man ihm alles vermeintlich Besondere und vermeintlich Außerordentliche endgültig aus dem Kopf geschlagen hat. (Psycho). So brechen gerade die schönen Welten immer recht gern zusammen.

Ich muß von Glück reden: Munchs Mutter ist an Schwindsucht gestorben, als Munch ein Kind war, meine nicht. Schopenhauers Vater ist gestorben, als Schopenhauer ein Junior war, meiner nicht. Meiner hat nicht einmal Stromstöße mit nach Hause gebracht, meine Eltern haben bereits ihre Silberne Hochzeit hinter sich. Sie waren und sind weder besonders streitsüchtig, noch drogensüchtig, noch gewalttätig, auch keine Spieler, Trinker, triebhafte Egomanen, keine Physos und nicht einmal Mitglieder bei einem Gesangsverein oder Traditionsverband, das ist hier schon ein außerordentlicher Glücksfall. Trotzdem ist aus mir geworden, was ich bin. Sie haben mich nie mit brancheninternen Krisen, Konjunkturflauten, Rezession, Umsatzeinbrüchen, Fehlinvestitionen, Hypotheken, Kreditrückzahlungsmodalitäten, Lohnnebenkosten, Wechsel, Verbindlichkeiten, Schulden, Pfändungen, Insolvenzängsten behelligt, mit derartigen Brechmitteln, derartigem Wirtschaftsplunder. Immer nur gesunde Kost, immer nur Delikatessen. Nur Eishockey haben sie von Anfang an nie für eine Delikatesse gehalten. Sie haben mich bei keiner Partei eingeschrieben und nie zu politischen Aufmärschen und Kundgebungen geschleppt infolge Infektionsgefahr, sie haben mir nie eine sogenannte POLITISCHE HEIMAT vorgelogen und waren mir mitsamt ihren religiösen Grundsatzgefühlen nicht einmal lange böse, als ich nach meiner Firmung im Dorotheum den Firmungsring versetzte. (Ornament ist Verbrechen). Das war schon eine meiner ersten kryptogenetischen Trauerkundgebungen. Das Wort FIRMUNG hat in meinem Vokabular nie ein Zuhause gefunden, und es hat sich klammheimlich davongestohlen. Von der immerwährenden Untauglichkeit des Universums haben mir die Eltern allerdings auch nichts erzählt, kein Wort von Untergang und Not, kein Sterbenswörtchen vom Tod. Gewundert habe ich mich selber, aufwachen habe ich alleine müssen. Gute Eltern haben auf Dauer ein großes Aufklärungsproblem.

Mein erstes Bewußtsein war das Bewußtsein der Unsterblichkeit und der Unverletzbarkeit und der Unzertrennlichkeit. Erst dann kamen Pörtschach und Kain. Anschließend sind wir vom Wörthersee auch zu Badezwecken eigens an den Keutschacher See übersiedelt; das allerdings ist eine klassische Übersprungshandlung. Ich habe anfangs allen Ernstes gemeint, die menschliche Existenz sei selbstverständlich auf dem Lustprinzip aufgebaut, keineswegs auf dem Prinzip der Unlust, durch das die Koexistenz funktioniert, wenn auch nicht gerade gelingt. Das alles früher natürlich in meinen eigenen Worten. Auch keine Rede von Lungentuberkulose oder Skrofeln auf der Brust und im Gesicht. Kein Wort davon, daß man sich morgens schlecht fühlen und nachts schlecht schlafen können könnte, daß man grundlos freudlos und müde werden könnte, daß man nutzlos und unbrauchbar werden und das Gefühl haben könnte, daß es für andere besser wäre, wenn man tot ist. Schon Kinderkrankheiten zu bekommen, war für mich eine große Verblüffung. Die Eltern haben mich quasi als Entschuldigung für eine solche schlechte Laune der Natur gerade am Krankenbett sehr verwöhnt und mit Spielzeug beschenkt. Eine Influenza bedeutete automatisch ein gutes Geschäft. Ich muß von Glück reden. Der Arzt hat ONKEL DOKTOR geheißen, und eine Ärztin hat nicht ins Haus kommen dürfen, weil eine TANTE DOKTOR nicht ins pädagogische Konzept gepaßt hätte, trotzdem kann man natürlich langfristig an der Medizin verzweifeln. Ich bin als Kind selbstverständlich nie ohne Mutterschutz zu den Onkeln gegangen, vor allem nicht zum Zahnonkel, und ich gehörte zu der Sorte von Kindern, die sich nach dem ersten schrecklichen Mal gar nicht erst hysterisch weigern müssen, zum Zahnonkel zu gehen, weil sich der Zahnonkel aus Sorge um seine Praxiseinrichtung ziemlich hysterisch weigert, unsereins noch ein weiteres Mal zu behandeln. Die Spätfolge ist so oder so bloß Flaubert. Oder eben Karawankenbär. Aus dentistischer Sicht ließe sich übrigens auch zum SCHREI noch einiges bemerken bei genauerer Betrachtung. Wenn man die Zähne einmal ad acta gelegt hat, fällt der Natur garantiert wieder eine neue Gemeinheit und eine neue Feindeinwirkung ein. Und im Unterschied zu den Eltern entschuldigt sie sich auch nicht. Da kann man lange warten.

Als ich schulpflichtig wurde, bemerkte ich zu meiner neuerlichen Verblüffung, daß es außer Zahnärzten noch massenhaft andere Menschen gibt, die mich im Unterschied zu den Eltern für etwas ganz Gewöhnliches hielten und mich noch gewöhnlicher machen wollten und jede Außergewöhnlichkeit und schon Ungewöhnlichkeit sanktionierten. Als erstes sollte die Schlange getötet werden. Alle hatten es nur darauf angelegt, mir mein dummes Willkommenheitsgefühl auszutreiben; Funktionärsmenschen, die sich wie Pocken auf mich setzten. Ich habe daraufhin immer konsequenter jede Bevormundung boykottiert und vor allem jede Pflicht verweigert, die mir von säkularen Einrichtungen angedichtet und aufgedonnert wurde. Donnern lasse ich mir nur von einer bieten, nolens, volens. Befehle, mich zu uniformieren, schlage ich aus. Ich habe weder die Uniform des Soldaten getragen, noch die Gymnasiastenuniform, noch die Eishockeyspieleruniform, noch die Dieneruniform, noch die Intellektuellenuniform. Ich habe auch die Gesellschaft von Pflichterfüllern, das heißt: die Gesellschaft mehr und mehr gemieden. Ich habe beschlossen, mein Leben so menschenleer wie möglich zu veranstalten. Ich hätte nicht einmal einem Dichter etwas zu sagen, aber hier gibt es ja keine Dichter, nur Lehrer. Und Beamte. Mehr und mehr Küche, Schlafzimmer, Badezimmer, vor allem Existierersatzzimmer, wie gesagt. Seither ist mir aber auch nicht nur merkwürdig, wieviel Unfug, Scheußlichkeiten, Gemeinheiten und Verbrechen diese säkularen Einrichtungen mit dem Wort PFLICHT treiben, sondern auch, wie populär und motivierend dieses grauenhafte Wort PFLICHT selbst für die Freizeitgesellschaft bei ihren Freizeitbeschäftigungen und Vergnügungen offenbar ist. Ein Eishockeyspiel ist weder für die Spieler, noch für das Publikum und daher nicht einmal für den Vereinskassier sonderlich attraktiv, wenn es sich dabei nicht um ein PFLICHTSPIEL handelt, sondern um ein FREUNDSCHAFTSSPIEL. Bei einem FREUNDSCHAFTSSPIEL handelt es sich in der Regel um eine LÄSTIGE VERPFLICHTUNG. Und so wird es wohl auch sein.

Erst als im Fernsehen die Russen im Frühjahr 1968 in Prag einmarschierten, merkte ich, daß es massenhaft völlig humanismusferne und zu Maschinen umerzogene Menschen gibt, aber auch auf diese beängstigende Einsicht reagierte ich zunächst noch eher anekdotisch, indem ich im Klagenfurter Elterngarten ein Loch ausschaufelte, in dem mich die Sowjetpanzer nicht finden konnten. Ich komme immer wieder auf Löcher. Erst als die Tschechoslowaken daraufhin im Finale gegen die Invasoren vor lauter Verzweiflung Eishockeyweltmeister wurden, begriff ich, was Eishockey bedeutet. Sogesehen müßte man heute gerade all jenen Staaten den Eishockeyweltmeisterschaftsgewinn wünschen, die ihre Sportstadien als Massengräber und Friedhöfe verwenden müssen. Erst als mir ein gewisser Herr Portisch, der Schwarze Mann meiner Kindheit schlechthin, im Fernsehen bedrohlich fuchtelnd den Krieg erklärte, ohne daß ich ihn dadurch allerdings verstanden hätte, hatte meine Kinderseele keinen Frieden mehr. Nach und nach entblätterte sich die Welt. Erst als ich die Theatervorstellungen meiner Eltern allmählich schwänzte, bemerkte ich allmählich, daß es Theatervorstellungen waren, Schutzengelswerke, Abschirmungsversuche, einstweilige Begnadigungen. Schutzengel um Schutzengel sind die Schutzengel abgestürzt. Theater hat mich dann erst wieder bei Beckett und Ionesco interessiert, und die beiden haben sich inzwischen auch schon erlöst und mich verlassen.

Eine sogenannte schöne, glückliche und sorglose Kindheit hat bei allen Annehmlichkeiten und Vergünstigungen den vielleicht nicht wiedergutzumachenden Nachteil, daß sie ganz selbstverständlich Ewigkeit voraussetzt und sich dabei tagtäglich enttäuscht, metastasiert, verfault und zu einer großen Nüchternheit zerfällt. Daß man über das Heil hinwegkommen muß. Daß es nur noch abwärts gehen kann. Daß man die Blessuren nachholen muß. Denn schon auf Seite 11 steht geschrieben: Das Kennzeichen der tragischen Seele ist, daß sie gegen nichts und niemanden immun ist. Das Kennzeichen der tragischen Seele ist, daß sich sämtliche Möglichkeiten des Fürchterlichen in höchster Konzentration in ihr fokusieren. Klar, deutlich und einwandfrei. So steht es geschrieben, so muß es geschehen. Guten Eltern ist das allerdings nie und nimmer verständlich zu machen. Guten Eltern kann man nur die Seiten 44ff vorlesen. Ohne Schicksalsschläge nihilistisch werden – das ist eine Leistung! Der Schicksalschlagsnihilismus ist unrein. In Ermangelung besonderer Ereignisse blieb mir gar nichts anderes übrig, als das innere Erlebnis über das äußere Leben zu stellen und mir die „schwarzen Engel“ AUSZUMALEN, die Munch nur ABMALEN mußte: Mein Psychodrama ist eine Katastrophe ohne Eigenschaften. Damit werde ich um die Rubrik WAS AUS IHNEN WURDE wohl locker herumkommen, und wie ich mich kenne, werde ich sicher genau dann sterben, wenn der Kulturamtsdichter gerade Urlaub hat. Eine GESELLSCHAFT wird wohl nie und nimmer aus mir werden.

Vielleicht wird meine literarische Entwicklung erst dann abgeschlossen sein, wenn es mir gelingt, nicht bloß die Geschichte eines einbrechenden Schlittschuhläufers zu schreiben, der gerade noch mit dem Leben davonkommt, sich vor der Außenwelt verschließt, seine Dissertation planend Spieler wie Heym und Munch, Pascal und Rilke nominiert und sie mit seinen eingeklemmten Landsleuten und dem allmächtigen Choleriker Natur konfrontiert; nicht bloß die Geschichte, in der es den Untergeher dreißig Jahre nach seinem ersten Untergang immer noch fröstelt und, so verzweifelt er auch einheizt, nichts und niemand sein Innenleben aufwärmen kann. Ich werde wohl erst fertig sein, wenn mir die Geschichte auskommt, in der auch der Teil, der unten geblieben ist, zu Wort und zum Erzählen kommt; die Geschichte eines Untergehers, der keine Ertrunkenenliteratur und keinen Heym und keinen Munch mehr zur Illustration der Gewißheit braucht, daß es aus seiner Katastrophe ohne Eigenschaften irdisch kein Entrinnen gibt; die Geschichte, in der der Untergeher dreißig Jahre nach seinem ersten Untergang zur Überzeugung kommt, daß sich die Geistesgegenwart des Pörtschacher Schlittschuhläufers, die Rettung, die Zweitgeburt und alle daran schließenden „vergnüglichen Bitterkeiten“ und „heiteren Tragödien“ des Existierersatzzimmers nicht rentiert haben – die Welt will gar nicht als ästhetisches Phänomen gerechtfertigt, das Nichts will im künstlerischen Akt gar nicht bewältigt werden; daß seine Expressionismusdissertation und seine Regionalexpressionismusdebatte selbst eine Schnapsidee sind, und daß die Toten im Wörthersee nicht dazu da sind, daß man ihr Doktor wird – nichts mehr für die Toten tun, die Toten tun auch nichts für mich. Das heißt ja eigentlich Expressionismus. Berg und Munch werden mich nicht mehr portraitieren, Gustav Mahler – das Ohr meiner Mannschaft – nicht mehr vertonen. Die Geschichte also wäre das Finale, in der der Untergeher beschließt, eigenwillig und absichtlich nochmals, diesmal aber ohne Zipfelmütze den zugefrorenen Wörthersee zu betreten, mit seinen Schlittschuhen etwa soweit hinaus zu fahren, bis er die Konturen der Gustav-Mahler-Villa am Südufer bei Maiernigg ausmachen und darüber im Wald der Maierniggeralpe – das allerdings ein montaner Größenwahn sondergleichen – Mahlers Komponierhäusl vermuten kann, in dem Mahler das Lied ICH BIN DER WELT ABHANDEN GEKOMMEN geschrieben hat, außerdem die KINDERTOTENLIEDER, was seiner Frau sehr unheimlich war – UNHEIMLICH ist ein Wort von gigantischer Gültigkeit –, worauf ihre fünfjährige Tochter Anna-Maria gestorben ist – das als kleines panoptisches Postludium; die Geschichte, in der der Untergeher also endgültig seine „operative Selbstverwandlung" und den „Ich-Verzicht", also eine auch vom breiten Publikum nicht mehr mißzuverstehende „tragische Tragödie" beschließt, ein Loch ins Eis hackt, den Schritt ins nasse Nichts tut und in das Loch hineinspringt. Ein großer Schritt für ihn, wenn auch wahrscheinlich nur ein kleiner Schritt für die Menschheit. Aber den schönen, schweren Schluß hebe ich mir für später auf. (Literarische Altersvorsorge).

5

Jetzt, wo das große Derby naht, habe ich natürlich noch keine Zeit für so grausliche Geschichten. Jetzt, wo meine eigene Mannschaft im großen und ganzen steht, muß ich mich wohl auch ein wenig mit den anderen Truppen beschäftigen. Jetzt, wo das große Eishockeyderby, eigentlich ein nach dem englischen Lord Derby benanntes Pferderennen, das man im erweiterten Sinn aber auch mit sonstigen Vierbeinern und Geflügel veranstalten kann, jetzt, wo also das „Spiel des Jahres" „vor der Tür" steht, das „Gipfeltreffen" mit den Adlern, bei dem die diesjährige Hackordnung festgelegt und beschlossen wird, welche Stadt diesmal als „Vorort" und „Elendsviertel" der anderen herhalten muß, in welche Himmelsrichtung die diesjährigen Faschingssitzungswitze gehen und welche Fabelwesen diesmal die Dummen sind, überbieten sich die einheimischen Gazetten nämlich tagtäglich mit seitenlangen Prognosen einerseits, andererseits mit Ursachenforschungen, Diagnosen und Analysen bezüglich der Krise der Rotjacken. Infolge akribischer Durchleuchtung sämtlicher Unzulänglichkeiten, Schwachstellen und Minuspunkte des Kaderpersonals, sozusagen der roten Garderobe oder der roten Boutique, befürchten die Journalisten, „Insider" und „Experten" in seltener Einmütigkeit und über alle Grenzen der Überparteilichkeit und Unabhängigkeit und Meinungsfreiheit hinweg auch gegen den „Erzrivalen" ein katastrophales Debakel und prophezeien einen neuerlichen Untergang und den Fall in die „sportliche Bedeutungslosigkeit". Die sportliche Bedeutungslosigkeit ist so schlimm, daß sie nicht beschrieben werden kann. Abgesehen von der charismatischen Ausnahmeerscheinung Sugar Sereinig, dem Klagenfurter Dauerlichtblick in der Eishockeyfinsternis, spricht für die Rotjacken diesmal eigentlich nur, daß in einem Derby „andere Gesetze" gelten – es kann allerdings niemand konkret sagen, welche –, daß ein Spiel beim Stand von 0:0 beginnt, sechzig Minuten netto dauert und daß die schwarze Hartgummischeibe drehzylinderförmig ist. Ihr Volumen berechnet man gemäß der Formel $r^2 \cdot \pi \cdot h$; düstere Aussichten also.

SIE SINKEN TIEF. DAS MEER SCHLIESST SEINEN MUND
UND SCHILLERT WEISS. DER HORIZONT NUR BEBT
WIE EINES ADLERS FLUG, DER VON DEM SUND
INS ABENDMEER DIE BLAUE SCHWINGE HEBT.

Es sind ja nicht nur die hemmungslose Intelligenz der Akteure und ihr butterweiches Hirn, ihr einstudiertes galantes Auftreten im Umgang mit ausländischen Geschäftspartnern, dazu die lähmenden Sinnfragen der Torhüter, die Nachdenklichkeit der Verteidiger und die vielen Hamlets im Sturm, überhaupt die neurologisch bedenkliche Phänomenologie des Mannschaftsgeists, die schon „seit geraumer Zeit" „zählbare Erfolge" verhindern. Kritische Sportexperten machen auch den übertriebenen, ja geradezu wildwuchernden Wohlstand der Spieler für die Misere verantwortlich. Hinter den heutigen Sturmläufen steckt keine Ideologie und keine Religion mehr, nach dem Geld haben mittlerweile auch die Geldverdiener zu stinken aufgehört, so die Experten. Ein wahrer Eishockeyspieler muß aber stinken, wie auch die Väter und Vätersväter volksnah gestunken haben, ein WAHRER Kämpfer muß KILOMETERWEIT und GEGEN DEN WIND erriechbar sein. Die heutigen Spieler erhalten ein viel zu hohes „Fixum", den heutigen Spielern geht es viel zu gut. Sie kennen den Ernst und die Schattseiten des Lebens, sozusagen die deprimierenden Bauernhofgeschichten nicht, das

Elend der Knechtschaft, sie kennen keine Reibereien mit der Gebietskrankenkassa und der Pensionsversicherungsanstalt und den Kreditinstituten und dem Arbeitsamt und dem Gerichtsvollzieher, niemals haben sie die Daumenschrauben des Existenzminimums verspürt. Sie haben das Kämpfen und das Überwinden des TOTEN PUNKTES verlernt, sie müßten wieder KÄMPFEN BIS ZUM UMFALLEN (siehe auch Metaphysik, Todeserlebnis, Trauerminute, Seite 19)

Sie haben den KRIEG nicht mehr erlebt, den Krieg hätten sie erleben sollen, schon wegen des Zusammenhalts, den Krieg, den Krieg, den Hunger und die Not und die nackte Existenz. Den Einwand, in der erfolgsverwöhnten Nachbarstadt herrsche auch kein Krieg, lassen die Experten nicht gelten. Die haben Eisenbahner. Wenn schon kein Krieg, dann wenigstens Eisenbahner. Wie früher unter Hitler die prominenten regimekonformen Künstler werden heute der Reihe nach prominente Sportler vom Militärdienst befreit mit der wirklich seltsamen Begründung, die prominenten Sportler seien blind, taub, orthopädisch inferior oder sonstwie verkrüppelt und verunstaltet, versehrt und invalid, dann und wann auch psychisch labil und filigran (lyrisch!!), jedenfalls völlig untauglich, so die Experten, vor lauter Privilegien und Vergünstigungen haben unsere mondänen Nationalkrüppel jeden Bezug zur geschundenen Basis verloren, die dekadenten Dandys auf Kufen können sich nicht quälen, weil sie gar nicht wissen, was eine Qual ist. Wer sich nicht schleifen und schinden und schikanieren läßt, aus dem wird nichts. Sie fahren fabriksneue Gratis-Mazdas und Gratis-Opels und Gratis-Toyotas und Gratis-BMWs, anstatt wie die Väter und Vätersväter volksnah zu Fuß auf dem Gratiszahnfleisch daherzukriechen, wer nicht auf dem Zahnfleisch daherkriecht, aus dem wird nichts. Sie besitzen viel zu teure Stereosoundmaschinen und viel zu luxuriöse Französische Betten mit viel zu weichen Federn und viel zu libidinöse

Verehrerinnen und Huldigerinnen und devote Schlachtsängerinnen in diesen Französischen Betten, so die Experten, sie treiben sich viel zu oft und viel zu lang und viel zu feuchtfröhlich in Diskotheken, Bars, Nachtlokalen und zwielichtigen Etablissements herum. In Bordellen, sagen wir es doch ganz offen: In Bordellen. Die Eishockeyspieler selber sagen übrigens TEMPEL. Im Duden bedeutet TEMPEL noch ein Gebäude, das der Verehrung von Göttern dient, sinnverwandt Kirche, das waren noch Zeiten. Die Eishockeyspieler kennen den Tempelherren und der Tempelherr kennt die Eishockeyspieler mit Vornamen, die Tempeldamen kommen aus Panama, Mauritius und der Dominikanischen Republik, die Übergewichtigen heißen KARTOFFEL und brauchen für die Schlußoffensive ein SAUERSTOFFZELT, das ist die Sprache der Sportler.

Den ganzen Sommer über sieht man sie nächstens in Pörtschach, aber eben nicht bei einem Strandlauf an der Bucht keuchend und schwitzend und Kondition schindend, sondern am sogenannten Monte-Carlo-Platz in Samt und Seide und in den letzten Stand der Haute Couture gehüllt, immer der LETZTE SCHREI, das ist das Problem, beim JOE hyperungezwungen exotische Longdrinks und Hawaishakes wohl nicht aus Waschkübeln, aber deswegen um nichts weniger schlürfend, einmal Rainbow, einmal Sunny Day, beim nächsten Mal Marco Polo, Crazy Ben und Killer. Der Killer von Joe in Pörtschach ist einer der wenigen Killer, der noch wirklich einen Killerinstinkt hat; zwischen Christy Turlingtons und Fran Coopers und Melka Tréatons ein Vollbad in der Hautevolee nehmend, dank des einzigartigen Dreifach-Alpha-Hydroxyd-Fruchtsäurekomplexes von fruition das alles mit bis zu 42 % gleichmäßigerer und optisch klarerer und sogar bis zu 55 % geschmeidigerer Haut. Wer kann da widerstehen? Der Hautgout der Väter geht auf diese Weise ganz und gar verloren. Die heutigen Spieler, diese Don Giovannis, die aus der Kälte kommen, so die Experten, sind allesamt Individualisten, Solisten, Einzelgänger, das Wort KAMERADSCHAFT ist heutzutage ein Fremdwort, leitet sich aber auch heutzutage noch vom Wort SCHLAFZIMMER ab. Die heutigen Spieler lassen sich ihre Bettgenossen nicht mehr von der Vereinsführung vorschreiben und bleiben daher auch viel länger im Bett als unbedingt nötig, die heutigen Spieler verausgaben sich schon beim Vorspiel, das ist das Problem. Die heutigen Spieler sind erstens Individualisten, zweitens PAZIFISTEN, sie lassen sich weder ohne weiteres KASERNIEREN, noch vom Zapfenstreich irritieren, und wenn sie doch einmal kaserniert werden, dann werden sie selbstverständlich nicht in einer KASERNE kaserniert, sondern in Luxushotels mit Swimmingpool und Sauna und Taverne und Separee. Die Sportler, nicht die Bohemiens sind die wahren Bohemiens unserer Tage, kritisieren die Insider und Experten, ein wahrer Spielrausch wird aber durch einen wahren Vollrausch am Vorabend verhindert, wer aus dem Whirlpool steigt, wirft sich anschließend mit seiner bis zu 55 % geschmeidigeren Haut nur widerwillig in die Schlacht.

Außerdem sind die sanitären Anlagen bei ihrer Neuadaptierung bei allem Verständnis für Gesundheitsbewußtsein viel zu hygienisch und luxuriös geraten. Ein polnischer Nachwuchsbetreuer, berichten die Experten, sei hauptsächlich wegen dieser einmaligen sanitären Anlagen aus Polen nach Österreich geflüchtet und komme auch aus seiner bescheidenen Garçonniere am Stadtrand hauptsächlich deswegen ununterbrochen in die Eishalle, um vor und nach dem Training und vor und nach dem Spiel und sogar vor und nach den Trainings und Spielen anderer Mannschaften und Vereine stundenlang unter der Dusche stehen, das warme Wasser auf sich niederprasseln lassen, die Fliesen bewundern und Matrosenlieder pfeifen zu können. Da darf sich freilich niemand wundern, wenn das einst so stolze Flaggschiff des einheimischen Eishockeygeschehens zu sinken beginnt. (Polnische Nachwuchsbetreuer, die einen verständlichen Spaß nicht verstehen oder nicht verstehen wollen, können laut Experten in Polen bleiben und in der polnischen Traurigkeit und beim polnischen Umkleidekabinenungeziefer). Jedenfalls brauchen wir wieder die guten, alten, schlechten Zeiten, wir brauchen wieder hungrige, keine satten Spieler, den satten „Stars" fehlt der „Biß", ein voller Bauch prügelt nicht gern.

Zudem ist der Generationswechsel innerhalb der Mannschaft sicher zu rasch und radikal erfolgt. Der Truppe sind in den letzten Jahren zu viele MOTOREN und HERZEN explaniert worden, nach ganz Österreich werden die Organe verkauft und verpflanzt, jetzt fühlen sich die Karosserie und die übrigen einheimischen Eingeweide ein wenig verloren. Ohne LEITHAMMEL ist auch die genialste Herde ohne Ziel und Zweck. Der Trainer ist ein THEORETIKER und viel zu weich, geht er zu seinen Männern, vergißt er die Peitsche und die Elektroschocks, er versucht es mit dem ZUCKERBROT, das Zuckerbrot aber ist anachronistisch und obsolet und den dreihaubenrestaurantsverwöhnten Vollprofigaumen natürlich zu minder. Der Trainer motiviert die Spieler nicht entsprechend, er ist kein MOTIVATIONSKÜNSTLER, das heißt, im Rahmen seiner Proseminare in der Umkleidekabine tritt er sie, dem Schaumbade entstiegen, nicht entsprechend brüllend und tobend in den Vollprofihintern, droht ihnen nicht entsprechend mit dem Pranger, mit dem Scheiterhaufen, mit Dynamit und dem Inferno der Unterwelt. Hinter vorgehaltener Hand im Gasthaus sagen selbst die Spieler, DER TRAINER HAT NICHTS ZUM REDEN. Immer wählt der Trainer außerdem entweder die falsche Aufstellung oder die falsche Taktik, einmal paßt die Taktik nicht zur Aufstellung, einmal die Aufstellung nicht zur Taktik, wieder ein anderes Mal passen die Aufstellung und die Taktik nicht zur Aufstellung und Taktik des Gegners. Die kanadischen „Legionäre" sind schwach und handlungsscheu und glauben, im SPAZIERGANG zum Erfolg kommen zu können. In den abgelaufenen Saisonen konnte man die selbstverständlich sündteuren Kanadier überhaupt nur noch durch ihren Kaugummi vom eingeborenen Durchschnitt unterscheiden, ständig haben sie Anpassungsschwierigkeiten und Verständigungsprobleme, dem Oxfordenglisch der einheimischen Vollakademiker steht ihr erdverwachsener Fäkalwortschatz fassungslos gegenüber.

Nicht zuletzt läßt, von den prunkvollen sanitären Erlebnisanlagen einmal abgesehen, die eigentliche Infrastruktur ganz elementar zu wünschen übrig, so die Experten. Die alte Halle ist viel zu klein und „platzt aus allen Nähten", bietet also vor allem der Jugend viel zu wenig Trainingszeiten, weshalb diese laut Experten mehrheitlich schwindsüchtig, drogensüchtig, dekadent und nihilistisch wird. Der traditionelle Hexenkessel ist ja eigentlich eine Messehalle, ein WIRTSCHAFTSTEMPEL, daher gar nicht das ganze Jahr über benützbar und riecht speziell zu Saisonbeginn im Herbst noch auf die penetranteste Weise nach den Hexentränken, nach den Kölnischwassern und Grammelschmalzbroten und Holzpoliturmitteln und den Schmierölen und dem Kuhmist der Schausteller, sodaß auch den hartgesottensten „Topscorern" und „Penaltykillern" beim Topscoren und Penaltykillen regelmäßig übel wird.

Ein besonders tragischer und bedenklicher Fall ist in diesem Zusammenhang der des Goalies Karl „Charly" HIRNSCHROTT („SUPERHIRNSCHROTT"), ein Student (Student, oje!), der praktisch die gesamte letzte Saison ausgefallen ist, und zwar nicht verletzungsbedingt, sondern krankheitsbedingt. Er fühlte sich hinfällig, schwach, schwindlig, erschöpft, hatte oft leichtes Fieber und fiel beim Training regelmäßig zusammen. Wenn ihm seine Kollegen die Maske vom Gesicht zerrten, sah Hirnschrott aus wie beim PROBELIEGEN IM SARG (Sprache des Sports). Kaum hielt er sich nach wochenlanger Kur und Schonung einmal wieder für genesen genug, um heldisch auf das Eis zu fahren, überfiel ihn urplötzlich ein neuer Erschöpfungsanfall, und er sank noch während des Aufwärmens kraftlos zwischen seinen Torstangen zu Boden, sodaß selbst die Kärntner Tageszeitung vorübergehend die Vokabel MYSTERIUM in ihren Sprachschatz aufnahm, ebenfalls ein Mysterium. Hirnschrott unterzog sich einer Durchuntersuchung nach der anderen und wurde sogar zum Zahnarzt geschickt, aber die Untersuchungen endeten samt und sonders ohne Befund und attestierten Charly Hirnschrott einwandfreie Gesundheit (und ein gutes Gebiß). (Von Zahnärzten wissen wir allerdings spätestens seit Flaubert, daß durch Quecksilberdämpfe beim Einsetzen von Amalgamplomben Gedächtnisverlust hervorgerufen werden kann). Schließlich einigten sich die Experten laut Experten auf einen Virus, der die Öffentlichkeit eine ganze verkorkste Meisterschaft lang in Atem hielt, ehe ein Wunderheiler aus dem Unterland Hirnschrotts Körper mit Akupunktur und Ozontherapie widerstandsfähig machte, stärkte und heilte. Als Ursache von Charly Hirnschrotts Krankheit diagnostizierte der Wunderarzt eine Kuhmilcheiweißallergie. Eine Kuhmilcheiweißallergie! Jetzt ist der Zusammenhang natürlich sonnenklar. Aber auch dieser dramatische Fall hat die verantwortlichen Politiker nicht wachgerüttelt, es wird nichts unternommen, abgesehen davon, daß eine leere Versprechung die andere jagt. Zuerst geben die Politiker ein Versprechen, dann halten sie es nicht, und wenn man sie fragt, warum sie ihr Versprechen gebrochen und die Öffentlichkeit angelogen haben, sagen sie ohne falsche Bescheidenheit, sie seien KLÜGER GEWORDEN. Wieviele Kuhmilcheiweißallergien sind denn nötig, ehe die Verantwortlichen endlich einschreiten und handeln, fragen sich viele Experten mit zunehmender Verbitterung. Die seitens der Kommunalpolitik schon seit Jahren versprochene neue Eisarena ist aber nach wie vor ein Luftschloß, baupolizeilich also bedenklich und als EISHOCKEYHOCHBURG das ganze Jahr über unbenützbar, nicht einmal die Nähte, aus denen sie eines Tages platzen könnte, sind bislang vorhanden. Hätte man die neue Eishalle gleich nach dem ersten Versprechen der Politiker wirklich gebaut, wäre sie heute bereits wieder hoffnungslos veraltet das bedeutet „politischen Weitblick". Eine Universität haben wir natürlich, sagen die Experten, und niemand weiß, warum. Die städtische Sportpolitik und der zuständige Sportstadtrat, Vollakademiker Dr. Egon Jammerl, sind trotz dieses kostengünstigen „Weitblicks" und der „visionären Kraft" seit jeher „Zielscheibe der Kritik" und werden von den treffsicheren Insidern und Experten für den dramatischen „Niedergang der Rotjacken" mitverantwortlich gemacht.

6

Der Sportstadtrat Jammerl, im Lauf seiner Karriere von den verschiedensten Seiten aus den verschiedensten Gründen dutzende Male ostentativ zum Rücktritt aufgefordert und ebenso oft urgemütlich im Amt geblieben, hat das für Politiker so kennzeichnende „Glück im Unglück“. Die nächsten Gemeinderatswahlen nahen bei weitem nicht so schnell wie das nächste Derby, noch halten seine Werbestrategen und Ghostwriter und Souffleure und Schminkdamen Winterschlaf, noch ruht sein Sympathiewertseismograph in den Rathauskatakomben, noch kann er sich mit rhetorischen Kapriolen zurückhalten und den Dingen ihren Lauf lassen. Ostentativ defensiv, Komunalcattenacchio. Natürlich kann der WILLE DES WÄHLERS auch bei Gemeinderatswahlen GESCHICHTE SCHREIBEN, allerdings hat der Wähler bei seiner Geschichtsschreibung leider nur einen einzigen Buchstaben zur Verfügung, den sogenannten Analphabetenbuchstaben. Wirklich ist ein Wahlzettel im Grund nicht anders zu behandeln und nicht anders auszufüllen als ein Depressionsfragebogen, nur daß man den Wahlzettel anschließend nicht in die Arztpraxis mitnehmen kann. Nur daß es nach der Wahl erst wieder keinen gibt, der einem wirklich zuhört und ihn versteht. Nur daß statt MORGENS FÜHLE ICH MICH SCHLECHT: SOZIALDEMOKRATIE steht, statt ICH KANN NACHTS SCHLECHT SCHLAFEN: VOLKSPARTEI und statt ICH GLAUBE, DASS ICH UNNÜTZ UND UNBRAUCHBAR BIN : FREIHEITLICH. Am Ende stehen hüben wie drüben mehr oder weniger kleine x, die selbstverständlich gedolmetscht und dann auch noch entsprechend interpretiert werden müssen. Zum Beispiel als Buchstabe des Unentschiedens. Das Wichtigste an Interpretationen ist die Phantasie. Die Interpretation der Wahl übernehmen gewöhnlich die Gewählten selbst, das ist der große Unterschied zu den Depressionen, und die Phantasie des Politikers tritt gemütlicherweise nur selten gegen den Politiker auf. Außerdem muß in einer indirekten Demokratie – und seien wir wirklich froh, daß wir eine indirekte Demokratie haben, keine ordinäre vulgäre und direkt suicidäre – praktisch unabhängig vom Wahlausgang nach den Wahlen politisch um Posten und Positionen gefeilscht werden. Der Wähler gibt dem Gewählten implizit den Auftrag, unter Ausschluß des Wählers zu verhandeln, und wenn man nicht gerade von den eigenen Reihen geköpft und als internes Schlachtopfer der politischen Bedeutungslosigkeit überantwortet wird, kann einem nicht allzuviel passieren. Erdrutschniederlagen in der Politik verlaufen gewöhnlich horizontal.

Der Sportstadtrat wehrt sich in einem „aktuellen Interview“ in der Sonntagszeitung also entschieden gegen seine Kompetenzen und weist mit der einleuchtenden Begründung, er als Politiker könne doch selber keine Tore schießen, jede Schuld von sich. Sehr schlagfertig. Die Tore selbst, die „Gehäuse“, die „Drahtkästen“ also, seien auf sein Betreiben hin immerhin vorhanden, und erst im letzten Jahr habe er sich erfolgreich für eine Garnitur neuer Netze engagiert. Der Eishockeystadtrat bleibt gelassen, verweist die Kuheiweißallergie der schäumenden Opposition gegenüber vorderhand souverän ins Reich der Einzelfälle, verspricht dem Goalie Superhirnschrott ein Flascherl BLAUER PORTUGIESER und erklärt der verdatterten Öffentlichkeit, der Sport sei nun einmal ein „ewiges Auf und Ab“. Das Kennzeichen der komischen Seele ist, daß sie gegen alles und jedes immun ist. Wenn ein Politiker von „Auf und Ab“ spricht, dann ist garantiert das „Ab“ der Fall. Im Fall von „Auf“ würde ein Politiker keine Hemmungen haben, sich in Anwesenheit der Photographen und der Öffentlichkeit freudestrahlend ins Rampenlicht und aufs Podest zu stellen, dem „Auf“ unter Tränen der Rührung um den Hals zu fallen und dem „Auf“ um den Hals gefallen ins Ohr zu nuscheln, daß ihm das „Auf“ anschließend unter Tränen der Dankbarkeit ebenfalls um den Hals fallen soll, und zwar so, daß die Photographen und die Meinungsforscher auch etwas davon haben. Kraft und Herrlichkeit strahlen ab und bieten Windschatten. Wenn ein Heiligenschein groß genug ist, haben sicher auch zwei darunter Platz. SYMPATHIETRÄGER Sugar Sereinig etwa hat sich für seine Verdienste um das regionale Selbstwertgefühl schon von sämtlichen einheimischen Machthabern bis hinunter zum allerletzten Machterlhaber und Heiligenscheinschmarotzer über alle Parteigrenzen hinweg in wilder Gier streicheln und liebkosen und ablutschen lassen müssen. Immerhin gibt es ja jetzt neue Duschen. SYMPATHIETRAGEN ist Schwerarbeit, und sie erfordert neben Kraft und Herrlichkeit und Kondition auch Geschicklichkeit und Balancegefühl, denn die Sympathie ist glitschig, und die Kontraindikationen, die am Beipackzettel aufgelistet werden, sind eine gefährliche Drohung.

Die wahren Sympathieträger werden auch anders gewählt als die, die die Sympathieträger als Ornament verwenden. Die wahren Sympathieträger haben keine peinlichen Werbestrategien nötig, kein wahrer Sympathieträger würde seinerseits jemals ausgerechnet mit einem Politiker für sich werben. Bei den wahren Sympathieträgern ist ihre bloße, gewissermaßen nackte Existenz Werbung und Wahlkampfzuckerl mehr als genug.

Zu Hunderten lauern in den Fußgängerzonen der Innenstadt während der „Eiszeit“ kleine Mädchen mit langen Unterschriftenlisten für die vom Lokalradio veranstaltete Wahl des SUPERSTARS DES EISHOCKEYMAGAZINS den Passanten auf und beschwatzen und traktieren sie so lange, bis sie zwischen ihren Einkäufen und Besorgungen EISHOCKEYGESCHICHTE geschrieben haben, und im Unterschied zur Gemeinderatsgeschichtsschreibung müssen sie sich bei der Eishockeygeschichtsschreibung mit Namen und Anschrift direkt zu ihrem Superstarkandidaten bekennen. Volksbegehren. Am Neuen Platz lauern die kleinen Mädchen, wenn rund um den Lindwurm der Flohmarkt des KÄRNTNER ABWEHRKÄMPFERBUNDES gebreitet ist, da kann man Pferdebestecke kaufen, Bärenfallen, haufenweise Messingrahmen und Stillebenplunder, Plaketten, Kreuze und anderen Abwehrkämpferramsch, alte Stahlhelme, alte Eishockeyhelme, alte Mickymaushefte, auch das Jahrbuch der Deutschen Luftwaffe, gut erhalten, das Jahrbuch des Deutschen Heeres, von Eduard Engel: Deutsche Stilkunst, oder ERIKA („Die Frohe Zeitschrift für Front und Heimat“, 1941), zum Drüberstreuen zwischen den Mickeymausheften Secondhandvideokassetten (FUCK AND LOVE, PISS PARTY et alii), alles der Heimat zuliebe, alles dem Feind zum Trotz, das irritiert die kleinen Mädchen gar nicht, jede Stimme zählt. Letztes Jahr wurde ich auf einem einzigen Spaziergang um acht Solidaritätsunterschriften für Sugar Sereinig gefragt. Das erste kleine Mädchen hat mir wortreich erklärt, daß ich durch meine Unterschrift mit etwas Glück ein Abendessen mit Sugar Sereinig persönlich gewinnen könne, und da habe ich natürlich sofort unterschrieben. Beim zweiten Mal habe ich gesagt, ich hätte bereits unterschrieben, das zweite kleine Mädchen erwiderte mir in seinem Übereifer, dann soll ich einfach mit falschem Namen unterschreiben, mit einem Pseudonym. Die Demokratie ist, wie gesagt, immer bedroht. Weil mir ad hoc kein anderer falscher Name eingefallen ist und weil ich mein eigenes, wirkliches Pseudonym natürlich nicht preisgeben wollte, habe ich mit Herr MARKUS PERNHART unterschrieben. Die weiteren Unterstützungserklärungen für den Superstar Sugar Sereinig habe ich gleich von mir aus mit Herr Josef Friedrich Perkonig,

Frau Dolores Visér, Herr Swittbert Lobisser, Herr Thomas Koschat und sogar mit den Herren Edvard Munch und Georg Heym unterzeichnet. Kein kleines Mädchen hat etwas daran auszusetzen gehabt, auch kein Redakteur des Lokalradios hat etwas daran auszusetzen gehabt, die Stimmen waren alle gültig; der Wille des Wählers setzte sich in beeindruckender Manier durch und Sugar Sereinig wurde mit großem Vorsprung Superstar des Eishockeymagazins. Er hat mehr Stimmen erhalten als der Bürgermeister bei der Bürgermeisterwahl. Das Abendessen habe ich nicht gewonnen.

III

Das große Derby

1

Nun aber herrscht seit Jahren unbestreitbar ein kontinuierliches und scheinbar UNVERGÄNGLICHES Ab, auf der Stehplatztribüne ist keine Rede mehr von REGIERUNG und VORHERRSCHAFT. Im Fall von Ab ist selten ein Politiker von sich aus zur Stelle, und es ist selten ein Politiker, der im letzten Augenblick an der Zipfelmütze zieht. Nicht eigentlich, weil mir ein Auf, eine Wiederauferstehung der Rotjacken und die Restaurierung ihrer zur Ruine verkommenen Hochburg ein Anliegen gewesen wäre, auch nicht, weil mich der fürchterliche einheimische Eishockeyuntergang, sondern die hohen Wellen, die dieser Eishockeyuntergang schlägt, erschütterten, und weil mich die rhetorischen Billigvarianten, mit denen sich alle möglichen Politiker bei allen möglichen Anlässen immer wieder aus dem Schneider machen, schon oft zu einem Spielchen motivieren, habe ich mir mitten im Geheimdissertieren zwischendurch also kurzerhand erlaubt – wenn auch unter meinem Pseudonym –, eine unbeauftragte kleine Streitschrift (so tapfer bin ich gerade!) für den Sportteil der nächsten Sonntagszeitung zu verfassen, in der ich der verdatterten und erfolgsverhungernden „Sportöffentlichkeit" zum Trost auf die jahrtausendealte Tradition europäischer Geistesgeschichte hingewiesen habe, in der der Sportstadtrat steht, angefangen bei Theognis von Megara (Nicht dabeisein ist alles!). Unser stoischer, ja parabuddhistischer Sportstadtrat muß sich, wie es sich für einen Vollakademiker gehört, wohl an das „Pathos der Immobilität" erinnert haben, das sich bis Grillparzer und Stifter zurückverfolgen läßt, an das Hobellied von Ferdinand Raimund, an die „Ewige Wiederkehr des Gleichen", aber auch an den

„Russischen Fatalismus“, den Nietzsche in „Ecce homo“ skizziert hat, an jenen Fatalismus ohne Revolte, mit dem sich ein russischer Soldat, dem der Feldzug zu hart wird, zuletzt einfach in den Schnee legt, und den letztlich auch Nietzsche selbst beherzigt hat. Nichts überhaupt mehr annehmen, überhaupt nicht mehr reagieren. Die große Vernunft dieses Fatalismus, lebenserhaltend unter den lebensgefährlichsten Umständen, ist die Herabsetzung des Stoffwechsels, dessen Verlangsamung, eine Art „Wille zum Winterschlaf“. In der Politik umschreibt man dieses Phänomen des UNTERTAUCHENS des Politikers unter politisch lebensgefährlichen Umständen fallweise auch mit: „...tritt seinen Urlaub an“. Urlaub: Da war ich schon.

Kein Zweifel, habe ich geschrieben, Stadtrat Jammerl ist ein Philosoph. Mit Heraklit, dem Dunklen, weiß er, daß die schönste Sportwelt wie ein planlos aufgeschütteter Kehrichthaufen ist. Mit Pascal, dem Erschreckenden, weiß er, daß alles Unglück dieser Welt daraus entspringt, daß die Haudegen rund um Sugar Sereinig es nicht verstehen, ruhig in einem Zimmer zu sitzen, daß Danton in der Aufstellung fehlt, daß sich nicht sämtliche Mannschaften der Welt bei sämtlichen Meisterschaften, Turnieren, Pflicht- und Freundschaftsspielen a priori auf „Unentschieden“ einigen. X. Was für ein Monstrum ist der Spitzensportler: Einfältiger Erdenwurm, Kloake der Ungewißheit und des Irrtums; Glanz und Auswurf des Alls. Mit David Hume schließlich weiß der Herr Stadtrat, daß „das Ganze“ der Rotjacken ein Rätsel, ein unerklärliches Mysterium ist. Zweifel, Ungewißheit, Enthaltung des Urteils sind das einzige Ergebnis, zu dem die schärfste Untersuchung uns führen kann. Das ist alles sehr richtig.

Das Problem des Sportstadtratphilosophen ist bloß, habe ich geschrieben, daß er außerdem noch Politiker ist. Denn wenn man sich durch deterministische Lehre, durch abgeklärte Schicksalsergebenheit auszeichnet und der Eishockeysport ohnehin nichts anderes als ein den blinden

Launen des Zufalls ausgeliefertes ewiges Auf und Ab ist, dann erhebt sich doch die banale Frage, wozu man überhaupt noch einen Sportstadtrat benötigt. Ein Stadtrat, der ratlos ist, ist absurd. Und überbezahlt. Die Philosophen selbst warnen seit jeher vor Philosophen, die Staatsmänner werden, und sie sind übereingekommen, keinerlei politische Macht zu beanspruchen, sondern quasi Kommentatoren und allenfalls ein Korrektiv zu sein. Nun muß man aber von den Politikern verlangen können, daß sie den Philosophen wenigstens nicht auch noch die Machtlosigkeit wegnehmen: Ein Politiker muß sub specie aeternitatis nicht immer recht haben, aber er muß dynamisch und ideenreich und tatsächlich tätig sein. Wenn sich einmal der Politiker, also der Herrscher und der Machthaber, sozusagen lässig vor die Tonne setzt, sich sozusagen lässig seine Sonnenbrille aufsetzt und seinen bedürftigen Untertanen irgendwelche lässigen Aphorismen spendiert, dann hört sich alles auf. Die breite Masse hat ein Recht darauf, auch zwischen den Wahlkämpfen anständig belogen zu werden! Grüß-Gott-Auf-Wiedersehen-Wir-bleiben-in-Kontakt.

Richtig argumentiert der Stadtrat – habe ich geschrieben – daß Politiker zumindest in ihrer Funktion als Politiker selber keine Tore schießen können. Aber das tun ja die Stadträte in Villach, Feldkirch oder Bozen auch nicht. Umgekehrt muß man sich allerdings nicht ausgerechnet durch „mangelnde Chancenauswertung", „mangelndes Realisierungsvermögen" und „wildwuchernde Ineffizienz" innerhalb des Trauerspiels profilieren. Eigentore sind auch nicht notwendig. So muß, ergänzt Schopenhauer Jammerl in seiner WELT ALS WILLE UND VORSTELLUNG – ein fader Titel zugegeben – als ob das Schicksal zum Jammer ihres Daseins noch den Spott fügen wollte, das Leben der für die Wirklichkeit Verantwortlichen alle Wehen des Trauerspiels enthalten, und sie können dabei doch nicht einmal die Würde tragischer Personen behaupten, sondern sind unumgänglich läppische Lustspielcharaktere.

Mein Essay in der Sonntagszeitung hatte natürlich weiter keine Nachwirkungen, außer daß erstens die Zeitung tags darauf mein Pseudonym lüftete, und daß zweitens der Stadtrat Jammerl zwei Tage später im Anschluß an eine kulturpolitische Podiumsdiskussion im GROSSEN SAAL DES KÜNSTLERHAUSES, bei der das unergründliche Schicksal mich und ihn in einen Raum geworfen hatte, von hinten urgewaltig und wie in jedem Leutseligkeitsseminar zu erlernen auf mich zustürzte, mir, ohne daß wir in unseren bisherigen Leben auch nur ein einziges Wort miteinander gesprochen hätten, mit Rührungstränen um den Hals fiel, sodaß seine Rührungstränen mir hinter den Hemdkragen hineinrutschten und mir eiskalt den Rücken hinunterkollerten, mir tief bewegt und mit der berüchtigten Würde einer komischen Person zu meinem „satirischen Gegenstoß" gratulierte, 1:0 für mich, meinen Hals gar nicht mehr loslassen wollte, behauptete, niemals zuvor „so charmant verrissen" worden zu sein, mich einen „klassen Burschen" und einen „lustigen Denker" nannte, mit den Augenwinkeln unauffällig nach Photographen stöberte, außerdem kurz die Kompliziertheit, Komplexität und dramatisch zunehmende Chaotisierung der modernen gesellschaftlichen Verhältnisse erwähnte, die Gemeinderatsbürokratie, den Kontrollausschuß und den Schal der Opposition, die potentielle Endphase der Zivilisation, die latente Brüchigkeit der Welt etc., und sich im selben Atemzug erkundigte, ob er ETWAS FÜR MICH TUN könne. Er sei der Egon, das könne er ja ruhig sagen, natürlich ganz einfach der Egon. Ich müsse wissen, daß ich mich, falls ich irgendetwas bräuchte, selbstverständlich nicht zu genieren bräuchte, sondern selbstverständlich jederzeit zu ihm ins Büro kommen könne. Immerhin also hat der Egon mein Tonnenszenario beherzigt und mir den mir gebührenden ungenierten Geistesgeschichtschlochardplatz freundlich überlassen, und das bringt mich wieder auf mein topographisches Grundsatzproblem; in Griechenland reicht es ja wirklich, wenn einem sein Egon aus der Sonne geht. In einem Land, in dem man acht Monate im Jahr einheizen muß, in einem Land, in dem sich hinter dem Egon ja auch nichts verbirgt, was bekömmlicher als der Egon ist, funktioniert die kynische Lässigkeit leider etwas komplizierter, geh mir aus der Finsternis und aus dem Schneegestöber, kann man seinem Egon ja nicht sagen: immer, wenn ich lustiger Denker an Diogenes von Sinope und also darüber nachdenke, wie man möglichst glücklich lebt, muß ich im übrigen denken, daß der Mensch, selbst wenn einmal die Sonne scheint und ihm nichts und niemand in der Sonne steht, überhaupt nicht in die Sonne schauen kann, weil ihm dann in der kürzesten Zeit schwarz vor Augen wird: Die unschlagbare Existentialistenfarbe! Die unschlagbare Unfallkrankenhausfarbe! Dieses unvermeidliche Schwarzsehen ist vielleicht der schlüssigste Beweis, daß der Mensch ein Mißgeschick der Natur ist, noch weit jenseits aller biographischen und topographischen und politischen Schlamassel. Aber noch bevor ich ihm hätte sagen können, daß alles, was er sagt, gegen ihn verwendet werden kann, noch bevor ich mit meiner imaginären Zipfelmütze hätte wackeln und sagen können, was der Egon für mich in dieser Tonnensituation im großen und ganzen tun könnte und noch bevor ich auf den Gedanken hätte kommen können, warum immer nur Politiker und nie die Künstler derart gönnerhaft und unverbindlich spendabel sind, warum sich ausgerechnet ein Politiker einbilden kann, ausgerechnet für mich etwas tun zu können, noch dazu ein Politiker, der selbst so klug ist, daß er angibt, daß er nichts tun könne, wobei allerdings auch dieser Intelligenzbeweis eben ein Krisensymptom ist, und noch bevor ich hätte auf den Gedanken kommen können, daß ich es einmal erleben möchte, daß ein Künstler einem Politiker im Rahmen irgendeines Cocktailgeplauders so ganz allgemein ausrichtet, er, der Politiker, müsse sich selbstverständlich nicht genieren, wenn er einmal etwas vom Künstler braucht, sondern solle selbstverständlich jederzeit in die Dachkammer des Künstlers kommen, und daß ich es anschließend einmal erleben möchte, daß sich ein Politiker so ein Angebot machen und so etwas ohne weiteres selbstverständlich sagen läßt, ohne vor Zorn zu erröten und infolge einer solchen Unverfrorenheit und Frechheit insgeheim sofort die Liste seiner Sanktionen und Repressalien durchzugehen, war der Egon selbstverständlich schon wieder fort, um mir lustigem Denker unaufgefordert ein Achtel Rotwein vom Buffet zu besorgen, kam nach einigem Händegeschüttel (Grüß-Gott-Auf-Wiedersehen-wir-bleiben-in-Kontakt), aber doch ohne einen Photographen für eine Photographie mit dem Satiriker begeistern zu können, zu mir zurück und erkundigte sich, weil ich ja in unserem Gespräch bisher von mir aus keinerlei konstruktive Vorschläge bezüglich meines weiteren Schicksalsgebrauchs eingereicht hatte, sofort, ob ich keine Lust hätte, den Text der neuen städtischen Fremdenverkehrsbroschüre auszuformulieren. Aber noch bevor ich dem spendablen Egon hätte einerseits antworten können, daß es absurd und eigentlich auch unverschämt und infam ist, mir infolge eines Essays über Nietzsche und Schopenhauer und Büchner und Pascal und Heraklit im Sportamt, über die Kloake der Ungewißheit und des Irrtums und den Auswurf des Alls die Ausformulierung einer Fremdenverkehrsbroschüre anzubieten, als ob die Phantasie des Politikers immer gegen den Künstler auftreten müßte und als ob der Egon zum Schaden auch noch den Spott fügen wollte, andererseits, daß, falls ausgerechnet ICH den Text für die neue städtische Fremdenverkehrsbroschüre ausformulierte, ja selbstverständlich kein einziger Fremder mehr in die GARTENSTADT AM WÖRTHERSEE käme, war der Gartenstadtrat schon wieder fort, um mir, obwohl ich mein Achtel Rotwein noch gar nicht ausgetrunken hatte, noch ein Achtel Rotwein vom Buffet zu besorgen, Politik geht durch den Magen, kam nach neuerlichem Händegeschüttel (Grüß-Gott-auf-Wiedersehen-wir-bleiben-in Kontakt!) mit dem neuen Achtel zu mir zurück und sagte mir schließlich, das Allerschönste an meinem Essay sei für ihn persönlich gewesen, daß ihn, den Essay, weit und breit überhaupt niemand verstanden hat. (1:1, Ab).

2

Die vorangegangene Podiumsdiskussion im GROSSEN SAAL DES KÜNSTLERHAUSES war übrigens dem eher langweiligen Thema KULTUR UND JOURNALISMUS gewidmet, daher eher schlecht besucht und insgesamt ebenfalls ein Trauerspiel und läppisches Lustspiel zugleich. Am Podium saßen drei einheimische Tageszeitungskulturredakteure, und als STARGAST der Veranstaltung war der amtierende Bundesminister für Unterricht und Kunst (Kunst ist nie allein, und wenn sie nicht im Schatten des Unterrichts steht, steht sie im Schatten des Sports oder im Schatten der Wissenschaft oder im Schatten der Landwirtschaft), ein außerordentlich netter und besonnener und stegreifeloquenter Theoretiker aus Wien, im Rahmen der interministeriellen Aktion MINISTER ZUM ANGREIFEN anwesend, es bot sich aber die ganze Diskussion lang erstaunlicherweise kein Anlaß, den Minister anzugreifen.

Selbstverständlich war der Minister nicht in seiner Eigenschaft als Kunstminister, sondern in seiner Eigenschaft als Unterrichtsminister in die Peripherie geschickt worden, vor Ort kam man allerdings im letzten Augenblick dahinter, daß gerade Semesterferien waren und die interessierten und drangsalierten Schüler und Lehrer und Eltern mit ihren Sorgen und Nöten und Depressionsfragebögen vor lauter Eislaufen und Schifahren als Publikum und WÜRDIGER RAHMEN nicht greifbar sein würden, der arbeitslose Gymnasiallehrerhaufen hat auch andere Sorgen als den Minister, und so mußte, weil eine Rücksendung und Verschiebung des Unterrichtsministers vom Ministerium aus unter Verweis auf den dichten Terminkalender kategorisch zurückgewiesen wurde, im allerletzten Moment die Kunst, das heißt KULTUR UND JOURNALISMUS als Notprogramm herhalten und als Lückenbüßer einspringen und den Minister eine Stunde lang beschäftigen, was der Kultur und dem Kulturjournalismus und der Kulturpolitik auffällig schwer fiel, teils weil anderenorts gleichzeitig eine Podiumsdiskussion zur KRISE DES KAC (mit dem Obmann und Sugar Sereinig als Stargästen) stattfand und etliche Anwesende zumindest mit dem Herzen abwesend und bei der Konkurrenz und der Konkurrenzkrise geistesgegenwärtig waren, nicht nur der wahrscheinlich infolge Parteiministermagnetismus körpergegenwärtige Sportstadtrat, der hier allerdings, sieht man von seinen kulturoiden Fremdenverkehrsverstrickungen ab, immerhin den Vorzug hemmungsloser Unzuständigkeit genoß, teils auch, weil der einheimische Kulturjournalismus und die einheimische Kulturpolitik laut einheimischem Kulturjournalismus und einheimischer Kulturpolitik – soweit vorhanden, das heißt: anwesend – völlig problemlos und zur Zufriedenheit aller funktioniere und alles in allerbester Ordnung sei, sodaß der Minister aus dem Staunen gar nicht mehr herauskam. In meinen Augen kam ihm alle paar Minuten eine Sprechblase aus dem Mund, in der stand: Hier ist ja alles viel zu friedlich! Wo sind denn die Probleme? Es müssen doch irgendwo Probleme sein! Ich möchte jetzt schöne Probleme hören. Mit einer tiefen Verbeugung vor dem Minister versicherten aber die einheimischen Kulturjournalisten wie aus einer Kehle, ihr Bestreben sei es, Anwalt der Kunst zu sein und mit ihrer ebenso seriösen wie unterhaltsamen und leidenschaftlichen, aber ausgewogenen Berichterstattung einerseits Verständnis, andererseits Lust in der breiten Bevölkerung für die Kunst in jeder nur erdenklichen Form und Ausprägung zu wecken, selbstverständlich unter besonderer Berücksichtigung der vor Ort entstehenden und in die Welt hinauswirkenden Kunst und der vor Ort wirkenden und werkenden Künstler, und das enorme, aber nichtsdestotrotz weiter in rapidem Wachstum begriffene Interesse ihrer breiten Leserschaft gebe ihnen auf die eindrucksvollste Weise recht. Mit tiefen Verbeugungen vor dem Minister versicherte außerdem ein Landtagsabgeordneter nach dem anderen parallel zum unendlichen Nicken seines mitgebrachten Sekretärs, daß ein produktives, konstruktives, inspiratives geistiges Klima in diesem Land herrsche und der allgemeine Fortschritt selbstverständlich auch vor den Toren der Kunst nicht haltmache. Die allgegenwärtige Geistesgegenwart werden die Künstler wohl nicht wegdiskutieren wollen, für das Wohlergehen der einheimischen Künstler sei in der trefflichsten Weise gesorgt, wie überhaupt betont werden müsse, daß viele einheimische Künstler auswärts um ihr Wohlergehen beneidet würden, zum Beispiel am Balkan, sagte zum Beispiel ein Kulturundsicherheitssprecher (Kunst ist nie allein). Der vom Balkan importierte Stadtschreiber beispielsweise sei vor lauter Schönheit unserer Kessellage und vor lauter Inversionswetterlage auch nach Ablauf seines Stadtschreiberjahres nicht in sein Heimatgemetzel zurückgekehrt, vor lauter Schönheit habe er überhaupt keine Lust zur Deportation und zum Olympiastadionsfriedhof, sondern bewohne nach wie vor seine schmucke Stadtschreibergarçonniere, füttere nach wie vor seine ihm von der Stadt Klagenfurt zur Verfügung gestellten Haustiere und spiele nach der offiziellen Beendigung des offiziellen Stadtschreibens vor lauter Schönheit Tennislehrer. (Dichter vom Balkan haben verständliche Späße zu verstehen!). Dieses Land sei stolz auf die großartigen Leistungen seiner Maler und Musiker und Architekten, seiner Bildhauer und Bühnenbildner, Computergraphiker, Plastikinstallateure, Museumspädagogen und Holzschnitzer, Puppenbauer und Kostümkunstschneiderinnen, Keramiker und Gartenzwergsammler und Operettenforscher und Installationsinstallateure und Botanischen Gärtner und Nostalgiebahnschaffner. Alleräußerste Zuversicht sei vor allem in Zusammenhang mit dem in jeder Hinsicht exzellenten Klima am Platze, dieses Land könne sich insbesondere kulturell sehen lassen wie kaum ein zweites, teilweise wortgetreu aus dem alten Fremdenverkehrsprospekt, der Minister war baff. Kulturdiskussionsstilleben, Kulturdiskussionsidylle. Kein Wunder, daß dieses Land infolge seiner nicht zuletzt für Gedeih und Blüte der schönen Künste idealen klimatischen Voraussetzungen Männer – richtige Männer – vom Schlage eines Adolf Taschbuschnig, Fercher von Steinwand und Josef Friedrich Perkonig hervorgebracht habe, einen Guido Zernatto, einen Otto Zernatto, einen Ernst Kucher, einen Markus Pernhart, einen Switbert Lobisser oder einen Thomas Koschat, der immerhin DA MUATA FOLG I NIT komponiert und also durchaus Anlagen zu Renitenz und ein kritisches Bewußtsein gehabt hat, dafür auch postum mit einem Fußballplatz ausgezeichnet worden ist, sogar eine Heilige Hemma von Gurk, der ja von der leibhaftigen Dolores Visér in Form eines eindrucksvollen Romans ein bleibendes Denkmal gesetzt worden sei. Bis heute biete dieses Land geistigen Kräften und Stimmen Unterkunft, die schon dadurch zeitlos und unsterblich geworden sind, indem der Schlafrock von Heimito von Doderer in ihrem Besitz steht. Vielbeachtete Tagungen, Symposien, Seminare und und und. Nicht genug damit finde am Beginn der Badesaison auch noch ein Internationaler Megaliteraturkarneval statt, der nicht nur der einheimischen Szene wertvolle und mit Geld gar nicht aufzuwiegende Impulse gebe, sondern auch vom Fernsehen via Satellit bis nach Portugal und Israel gesendet werde, auf dieser einzigartigen Hermeneutenparty beschreiben junge, wilde Dichter Seifenblasen von innen, DE GUSTIBUS NO EST DISPUTANDO, sagt der Bürgermeister zur Eröffnung: (sic) ins Pultmikrophon hinein, kann schon mal vorkommen, die steakverputzenden Geistesgäste aus dem Norden finden den Südseehäuptling sehr authentisch, und vor und nach jeder Lesung flimmere von Portugal bis Israel das Video mit DU BIST DIE ROSE VOM WÖRTHERSEE, HOLIOLIOLIO – HOLIOLIOLIÄÄÄH, wodurch auch die Portugiesen und die Israelis nicht nur über die hervorragenden Literaturkritiker von Chur bis Cuxhaven, sondern vor allem um unsere schöne Landschaft und unseren schönen See und um unsere schönen Karawanken Bescheid wissen (Devisen verstehen keinen Spaß), gerade der bezaubernde See und die majestätische Karawankenkette werden von den Literaturkritikern immer wieder ganz hervorragend rezensiert, und wären die Karawanken nicht so dumm, wie sie eben sind, wären sie sicherlich vor Schreck eingestürzt und hätten die Veranstaltung und die Landtagsabgeordnetenluder unter sich begraben.

3

So aber wäre tatsächlich alles bis zum Ende in allerschönster Ordnung und das Märchenland ein Märchenland und der meuchlings um das logische Regionalchaos gebrachte Minister frustriert geblieben, wenn nicht gegen Ende der unheimlichen Podiumsidylle schließlich wenigstens der aus Deutschland gebürtige und am Lebensweg in den Süden traditionell gegen die Karawanken geprallte Philosophiedozent Hohenberger, der mir, ohne daß er etwas davon weiß und ohne daß er vorderhand etwas dagegen unternehmen könnte, seit längerem als Dissertationsstiefvater und Jungfrau zum Kind vorschwebt, aufgestanden wäre und das Märchen unter tiefer Verbeugung vor dem Minister zur großen Freude des Ministers ein wenig umerzählt hätte, wodurch auch vereinzelte andere nach und nach aus ihrer Sprachlosigkeit gelockt wurden, und ganz unvermutet und plötzlich ging da schließlich ein Gewitter sondergleichen los. Es sei überhaupt nichts in Ordnung, kam es aus dem Publikum, von einem geistigen oder kulturellen Klima könne keine Rede sein, es sei denn, es sei von einem Steppenklima oder einem Wüstenklima die Rede. Die Behauptung von künstlerischen Wohlergehen sei eine empörende Frechheit der Landtagsabgeordneten. Selbst die ganz wenigen offiziell sogenannten Aushängeschilder der Literatur seien hier und heute selbstverständlich allesamt schwerverschuldete Sozialfälle und vegetierten in der zermürbendsten Dürftigkeit, das einzige Dach über dem Kopf eines Künstlers, für das das Land notgedrungen aufkomme, sei das Dach des ZENTRUMS FÜR SEELISCHE GESUNDHEIT. Die Beträge, die hier zur Förderung von Kunst und Künstlern ausgeschüttet würden, seien in Wahrheit vollkommen absurd. Ebenso absurd seien die Zweckbindungen und Widmungen dieser Förderbeträge. Aus dem Literaturtopf, der tatsächlich nicht einmal ein Literaturfingerhut sei, würden hauptsächlich Bildbände finanziert und die Hubschraubermiet- und Benzinkosten bezahlt, damit der Photograph mit dem Hubschrauber die Heimat abfliegen und aus der Vogelperspektive die Heimatbildstöcke für die Heimatbildbände photographieren könne. Das sei hier und heute die offizielle Literaturdefinition. Der offizielle Schriftstellerverband, an dem sich das Land abputze, unterscheide sich von den Freimaurern und dem Briefmarkensammlerverband und von einem Pensionistenkaffeekränzchen erstens dadurch, daß er SCHRIFTSTELLERVERBAND heißt und zweitens dadurch, daß sich seine Mitglieder im Telephonbuch hinter ihren Namen das Wort SCHRIFTSTELLER setzen lassen. Das sei gewöhnlich ihre einzige Veröffentlichung. Gut, ihre Geburtstage publizieren sie auch schon seit Jahrzehnten und kündigen sie wie eine Neuerscheinung an, es gibt Gerüchte, denen zufolge der Präsident nach einer schöpferischen Pause von zwanzig Jahren nun wieder an einem Aphorismus arbeitet, mit welchem, wenn alles gut geht, im nächsten Frühjahr zu rechnen sein wird, und wenn sie nicht gestorben sind, dann fahren sie mit den Autokennzeichen K-EPOS 1 und K-POET 1. Ein richtiger Schriftsteller würde im Telephonbuch hinter seinem Namen nie das Wort SCHRIFTSTELLER eintragen lassen. Einmal pro Jahr spendiere der kulturferne Kulturreferent der Landesregierung (ließ sich entschuldigen) irgendwelchen viertklassigen aphorismusfreudigen und vor allem redseligen osteuropäischen Querköpfen und Besserwisserlyrikern im Abfahrtsolympiasiegerbethlehem Fresach (tolle Duschen!) eine dreitägige Alkoholvergiftung, und jeder Teilnehmer dürfe, bevor er sich talwärts übergebe, kurz einmal den Schlafrock von Heimito von Doderer anziehen. Das wär's.

In Wahrheit seien dem Land seine Kunst und seine

Künstler völlig egal und wertlos, kam es aus dem Publikum, da gebe es kaum einen Unterschied zwischen Zwergenrückenmalerei und Kreuzzertretung, und es würde überhaupt niemandem auffallen und niemanden wirklich stören, versenkten sie sich samt und sonders im Wörthersee. Wenn einer zwischendurch wirklich was taugt, darf er postum als Torte herhalten, ansonsten sollen sie ohne weiteres der Welt abhanden kommen und in der Versenkung verschwinden, solang sie dabei nicht gerade ein Hochwasser erzeugen. In dieser Frage bestehe zwischen der Bevölkerung und der Volksvertretung genannten Bevölkerungsvertretung im übrigen wie in kaum einer zweiten Frage völlige Übereinstimmung und Einmütigkeit. Mit hemmungsloser Kunstverachtung ließen sich die letzten großen Wahlsiege erringen. In Wahrheit ruhe sich dieses Land tatsächlich völlig ungeniert auf den paar von den Landtagsabgeordneten zitierten lächerlichen Lemuren aus, und selbst dieses Ausruhen sei ein Gnadenakt, das eigentliche Landesrelaxen finde natürlich auf dem Fresacher Schiolympiasieger und dem Maria Saaler Songcontestsieger statt. Und auf der Bärenfamilie. Es seien nur deswegen noch keine überlebensgroßen Bronzedenkmäler in Auftrag gegeben worden, weil man dadurch notgedrungen Künstler unterstützen müßte. Da tat sich in meinen Augen vor dem Ministermund wieder eine Sprechblase auf, in der stand: Ah, da sind jetzt endlich die Probleme! Ah, endlich hat es mit der Friedlichkeit ein Ende.

In Wahrheit, kam es aus dem Publikum, sei dieses Land an seiner Kunst absolut desinteressiert und ließe sich von seiner Kunst auch gar nicht weiter belästigen; es lasse sich kaum ein zweites Land finden, das sein Desinteresse und seine Kunst betreffende Ignoranz und Arroganz und Geringschätzung mit einer derart unverschämten Offensichtlichkeit und Kaltschnäuzigkeit an den Tag lege, deshalb kriegen die Künstler auch immer dieselben Wasserköpfe als Kulturpolitiker vorgesetzt, wie ja auch die Bevölkerung dieses Landes oder wenigstens deren überwältigende Mehrheit, die kunsthassende und literaturhassende Masse, in geradezu beispielloser Weise mit Kunst in jeder nur erdenklichen Form und Ausprägung nicht das geringste zu tun haben wolle und auch tatsächlich nichts zu tun habe und sich selbstverständlich in keiner nur erdenklichen Form und Ausprägung mit Kunst beschäftige oder auseinandersetze. Diese generelle radikale Mißachtung der Kunst sei letzten Endes die generelle radikale Mißachtung der eigenen unverwendeten Existenz, diese generelle radikale Mißachtung der Kunst sei vor lauter Radikalität schon geradezu kitschig, da taute der Wiener Theorieminister langsam auf. Die Landeshauptstadt, behauptete etwa einer aus dem Publikum, sei bloß halb so groß wie der Zentralfriedhof von New York, aber doppelt so tot.

Die erste und wichtigste und alles entscheidende Voraussetzung für die Beschäftigung mit Kunst hierzulande sei, daß die Kunst NICHTS MIT KUNST ZU TUN HABE und KEINE KUNST, sondern EINE SCHWEINEREI sei, dann KANN MAN DARÜBER REDEN. Kunst als Kunst sei die UNWICHTIGSTE NEBENSACHE DER WELT, allenfalls eine LÄSTIGE VERPFLICHTUNG. Für die zuständigen Politiker ist Kunst Kunst, wenn die Kunst ERÖFFNET werden kann oder wenn es wenigstens etwas zu essen gibt. Kunst, die nicht eröffnet werden kann, bleibt der Politik verschlossen. Zum Beispiel wird ein Buch nicht eröffnet, selber schuld. Die überwältigende Mehrheit der hiesigen Bevölkerung, kam es aus dem Fachpublikum, beschäftige sich, wie sie selbst stolz bestätige, niemals mit Kunst, sondern ausschließlich mit SCHWEINEREIEN, die Masse nehme überhaupt nur SCHWEINISCHES wahr, das allerdings entrüstet, die überwältigende Mehrheit der hiesigen Bevölkerung kenne nichts anderes und wolle auch nichts anderes kennen und folge nichts anderem als ihren niedrigen Instinkten, also der SPECKJAUSE, dem REINDLING, dem BAUERN-

SCHNAPS, dem BAUERNSCHNAPSEN, der möglichst exzessiven und möglichst urigen und bärigen und möglichst naturbelassenen KOPULATION, schon für PERVERSION sei die Masse zu KULTURLOS, so das Fachpublikum und die Experten. Zur instinktiven Tagesordnung gehören aber auch die Eishockeyderbys, die Eishockeyderbyschlägereien, also das, was auf so faszinierende Weise MIT SPORT NICHTS MEHR ZU TUN HAT, die Kirchtagsundwirtshausprügeleien, die international übliche Härte und die selbstbescheidene faschistoide Blutrünstigkeit in den Wirtshaushinterzimmern, die gerade im Schatten und im Schutz der Gebirge FRÖHLICHE URSTÄND feiere, und nicht zuletzt das großzügige Insichhineinsaufen des traditionellen und bodenständigen Volksabstimmungsjubiläumsbieres mit dem GESCHMACK DER HEIMAT, bis einem die Heimat im Landeskrankenhaus wieder aus dem Magen herausgepumpt werden muß, und die überwältigende Mehrheit der Minderheit der Bevölkerung sei in Wahrheit auch bloß arrogant und verschlagen und hinterfotzig und korrupt, biedermeierlich brutal. Nicht einmal der Schlafrock Doderers sei der Masse in letzter Konsequenz ein wirklicher Nervenkitzel oder geeignet, sie geistig wachzurütteln, so die Insider und Experten.

Kunst würde also bloß wahrgenommen, wenn sie erstens keine Kunst sei, zweitens in wohlportionierten Happen als Keinekunst in der Zeitung zum Frühstück oder im Fernsehen zum Abendessen serviert werde und sich drittens ihrerseits mit der einheimischen Speckjause, dem einheimischen Reindling, dem einheimischen Bauernschnaps, dem einheimischen Bauernschnapsen, den einheimischen Gebüschbekanntschaften und Rücksitzromanzen (NACHWUCHSFABRIK) und eventuell allfälligen möglichst exzessiven und urigen und bärigen und naturbelassenen Eifersuchtsblutbädern, den einheimischen Kirchtagsundwirtshaushinterzimmerschlägereien, Eishockeyhärteschlachten und den im Schatten und im Schutz des einheimischen Gebirges insgeheim fröhliche Urständ feiernden Möchtegernüberunmenschen und Berchtesgardnerperchten auf die unflätigste Weise auseinandersetze, das heißt: ABRECHNE, kam es aus dem Publikum. Ja, die Viertelnazis stapeln sich im Gebirge, und wenn achttausend Viertelnazis zusammenkommen, sind das insgesamt auch immerhin zweitausend Vollnazis – mehr kommen zu KAC : Zeltweg auch nicht. Notwendig sei ein solches PANDÄMONIUM CARINTHIACUM. Viele Künstler könnten von dieser Sonderkunstform der Subtraktion gerade in einer Phase der allgemeinen Abrechnungsmarktsättigung freilich nicht leben, die einheimische Kulturpolitik sehe die Situation mit Wohlgefallen, Mathematik falle bei allem Respekt nicht in ihre Kompetenzen. Da konnte der Minister endlich erleichtert durchatmen, da konnten die Landtagsabgeordneten endlich empört dreinschauen. Vielleicht wäre Lehrplanentrümpelung-Bundessache doch das günstigere Thema gewesen, dürften sie gedacht haben, nur daß die Landtagsungeheuer leider nicht einmal insgeheim eine Liste eventueller Repressalien durchgehen konnten. Außer Menschenrechtsverletzungen und verschärften Tennislehreraufenthaltsgesetzen und Empfehlungsschreiben an das Zentrum für seelische Gesundheit war jede Eventualität ohnehin bereits vorweggenommen. Wie Damokles-Kaffeelöffel schwebten die restlichen Machtmittel und Ignoranzinstrumente der Kulturpolitiker über der Kultur. Die Kunst war leider schon so frei, daß eine Freisetzung überhaupt nicht möglich war. Von den Empfehlungsschreiben an die Psychiatrie haben sich die meisten Zuständigen übrigens mittlerweile auch schon wieder freiwillig verabschiedet, weil sie kulturhistorisch bereits so bewandert sind, daß sie wissen, daß es bei den meisten sogenannten Künstlern und künstlerischen Aushängeschildern ohnehin nur eine Frage der Zeit ist, bis sie sich freiwillig psychiatrieren lassen und zu Fuß in die Nervenheilanstalt marschieren, und da ist es kulturpolitisch doch eleganter, den Dingen ihren Lauf zu lassen. BESSERE OPTIK. Die Märtyrer sollen sich ihr Martyrium selber machen. Gerade, daß der Kulturstadtrat nicht aufgestanden ist und der verdatterten Kulturöffentlichkeit lässig erklärt hat, er könne doch selber keine Romane schreiben. Das nicht. Der war nicht da.

Seit wann muß ein Kulturpolitiker ein Kulturfreund sein oder gar ein Kunstkenner? Grüß-Gott, Auf-Wiedersehen-wir-bleiben-in-Kontakt. Der kulturelle Jammer ist ebenso althergebracht und altbewährt wie der situationsunabhängige kulturpolitische Jubel. Dann und wann jubelt die Kulturpolitik implizit darüber, daß dann und wann Kultur trotz Kulturpolitik hochkommt. Die einen nennen die anderen Ignoranten und werden dafür von den Ignoranten Nestbeschmutzer genannt. Zwischendurch kann es durchaus auch einmal handgreiflich werden: eine sogenannte kulturpolitische Unterhaltung ist die Aneinanderkettung von bedingten Reflexen. Immer sind die Genies in Geldnöten, und immer sind die Kulturpolitiker über eine solche Profanität sehr verblüfft und enttäuscht, wenn sie nicht gerade einen anderen wichtigen Termin haben. Auch das breite Publikum ist zwischendurch immer sehr erstaunt, daß die ARMEN POETEN nicht einfach im Bett bleiben, ihre Diät genießen und im Winter ihre Manuskripte verheizen, warum die ARMEN POETEN nicht ganz einfach verhungern wollen, warum sich die ARMEN POETEN nicht einfach vom Arbeitsamt umschulen lassen wollen, warum sich die ARMEN POETEN nicht rechtzeitig einen Revolver kaufen (do it yourself).

Und die Geschichte vom New Yorker Zentralfriedhof habe ich von Ferlach bis Wiesbaden leider beinahe in jeder Ortschaft, in der ich aufgetreten bin, zu hören bekommen, und außerdem ist Wasserkopf schon ein recht unhöflicher Ausdruck für einen Kulturpolitiker, das muß man sagen.

In Wiesbaden hat mir der Wiesbadner Impressario auch erzählt, die Wiesbadner interessieren sich nur für eine einzige Kunstsparte, nämlich für Kabarett. Immer rufen die Wiesbadner bei ihm an und fragen, wann es denn wieder KABARETT gäbe. Inzwischen nenne er jede Veranstaltung, egal ob Klavierkonzert oder Installationsvernissage oder Tanztheater oder Lesung prinzipiell und auf alle Fälle KABARETT, nur um ein bißchen Publikum zu haben. Dabei ist Wiesbaden nicht einmal im Eishockey gut. Eine LESUNG als LESUNG anzukündigen, sei glatter Masochismus, er mache prinzipiell nur noch LITERARY SHOWS und POETRY PERFORMANCES und WORD PERFECT ADVENTURES. Gesellschaftskulturpolitische Probleme und ideologische Scharmützel sind mir bei aller Kränklichkeit und Gekränktheit so zuwider, daß ich mich immer auf einen anderen Planeten wünsche, alle nur möglichen Kopfschmerzen und Krankheiten ziehe ich der Politikkrankheit vor. Und Kritikerkritisieren ist kleinkariert. Die meisten Kritiker hierzulande sind zu allem Übel ja nicht einmal satisfactionsfähig. Ich habe mich über meine Anwesenheit, meine Spazierverirrung, meinen AUSRUTSCHER und meine eigene Dummheit, die Podiumsdiskussion KULTUR UND JOURNALISMUS überhaupt zu besuchen, als sei von einer solchen Aushilfsveranstaltung irgendetwas zu erwarten und ohne daran gedacht zu haben, welche Gestalten mir hier zwangsläufig begegnen würden, von Minute zu Minute mehr geärgert und mich nach meinem Existierersatzzimmer und meinen Zentralheizungskopfschmerzen gesehnt, aber ich konnte nun doch gerade deswegen nicht aufstehen und gehen, weil hinter mir bereits der Sportstadtrat mit seinen Berufsrührungstränen lauerte. Und hinter dem Egon und mir saß als Zusatzhindernis und Zusatzbarriere außerdem der unweit über die Grenzen des Landes hinaus bekannte Reiseschriftsteller und freiwillig umgeschulte Landeserfolgssachbuchautor Felfernig, nebenbei Gewissen, Schalfreund und Hubschrauberpoet, und dem wollte ich auch unter keinen Umständen über den Fluchtweg laufen. SACHBUCHAUTOR, das klingt wie TECHNISCHER KUNDENDIENST und GEBRAUCHSINFORMATIKER. Bunte Sachbücher zur Landessache Kärnten, Geschichte, Gegenwart und Gegenden. In jedem Buch steht auf jeder Seite und beinahe in jeder Zeile DER KÄRNTNER, das heißt, der vielbeachtete Sachbuchkärntenkärntner, der Erfolgssachbuchkärntner und seine plattgewalzten Erfolgssachbuchwahrheiten (Typenschein, Bedienungselemente, Extras, Eigenschaften in bestimmten Situationen, Wartung). Und nach der Sachbeschreibung und Gebrauchsinformation ein bißchen besserwisserisches Gewissen, aber nicht zu arg. Die Phantasielosigkeit des Sachbuchautors tritt selten gegen den Sachbuchautor auf. Das Unverfänglichste, was man im Anschluß an DEN KÄRNTNER sachschreiben kann, ist, daß DER KÄRNTNER WIDERSPRÜCHLICH und VIELSCHICHTIG ist, da schau her, zwar, aber, einmal so, einmal so, im Grunde zwar, nur wenn, dann, unverwechselbar verwechselbar und umgekehrt oder einfach nur UNVERWECHSELBAR und insofern ein Spiegelbild der ganzen Welt und aller Menschen, ein WELTMENSCH, da schau her, das hört man gern! Eine Demoskopie, die erfolgreich sein und wenigstens zu einer kleinen Finanzmasse führen soll, darf eben ganz einfach nicht zu erschütternden Resultaten führen. Daß der Kärntner traurig-lebenslustig, diesseitig-jenseitig, loyal-verstockt, selbstbewußt-devot und weltoffen-zurückgezogen und widersprüchlich und vielschichtig und unverwechselbar ist, ist immerhin weder ein Klischee, noch ein Einzelfall, das ist eigentlich gar nichts und garantiert hohe Auflagen. Er ist aber auch ein fröhliches Kind von Traurigkeit, ein friedliebender Rabiator, ein hyperkultivierter Amokläufer, ein urgemütlicher Obrigkeitswindsack, ein dynamischer Dummkopf, ein aus nichts als Rechtschreibschwächen und Schluchtendialekten zusammengesetzter Deutschtümler, und er liebt seine Natur, die ihn ersäuft, zerquetscht, in Stücke reißt, vernichtet, von ganzem Herzen. Sein halbes Leben lang sachbuchmachend um die ganze Welt tingeln, nach dem halben Leben als gemachter Sachbuchautor nach Kärnten zurückkommen, sich halblebenserfahren in einem Pörtschacher Uferlustpavillon niederlassen, sinnend auf die friedliche Seeoberfläche hinausblicken und bei künstlicher Beleuchtung und nach ein paar Tips gegen die Landschaftszersiedelung ins Mikrophon und in die Kamera hineinzuplappern, es sei auf der ganzen Welt nirgendwo so schön wie in Kärnten, das halte ich für eine ärgerliche Sauerei. Außerdem schwimmen mit hoher Wahrscheinlichkeit wieder ein paar Wasserleichen ins Bild. Ich darf das so sagen, ich bin ja selbst an den Haaren herbeigezogen.

Die Vorarlberger Schriftstellerin Ulrike Längle (siehe dazu auch: VEU Feldkirch) hat mir in Vorarlberg einmal gesagt, Kärnten sei 3x so schön wie Vorarlberg, die Karawanken seien 3x so schön wie das Bödele, die Blumen 3x so bunt. Und: Die Koschuta! Und die Nockberge! Und Kötschach-Mauthen! Aber Ulrike Längle hockt ja auch in ihrer unverwechselbar widersprüchlichen Vorarlbergergrube, und sie selbst sagt, daß 3x so viele Kärntner nach Vorarlberg ausgewandert seien als umgekehrt. Insofern sind ihre Multiplikationen kein Wunder. Bregenz sollte eigentlich New Pörtschach heißen. Den Zentralfriedhof nicht zu vergessen. Also bin ich sitzengeblieben, mit geschlossenem Mund.

4

Nach den Kulturvolksvertretern bekamen bei diesem Schaukampf und Schlagabtausch und dieser HÄRTE-SCHLACHT (für diesen Pleonasmus danken wir der Kärntner Tageszeitung) nun auch die Kulturjournalisten ihren Teil ab: Dem Minister gegenüber hätten sie sich gebärdet und aufgeblasen, als schrieben sie allesamt für LETTRE INTERNATIONAL oder für die FRANKFURTER ALLGEMEINE oder für die SÜDDEUTSCHE oder für die NEUE ZÜRCHER. In Wirklichkeit besäßen sie günstigstenfalls das Format, mit der FRANKFURTER ALLGEMEINEN tote Hühner am Bauernmarkt einzuwickeln; in Wirklichkeit spielten gerade sie als bornierte Mindermeinungsmacher beim landläufigen Kunsthaß und im Projekt der lückenlosen Kunstundkulturausrottung skrupellos die Vorreiterrolle; in Wirklichkeit seien die einheimischen Kulturjournalisten selbstgefällige Drahtzieher der einheimischen Leere und Öde und Stagnation. Der Minister solle ruhig erfahren, daß hierzulande überhaupt keine kulturtheoretische Auseinandersetzung und Debatte und nicht einmal eine KULTURKRITIK stattfinde, sondern bloß die immer gleich stupiden und hohlen Inhaltsangaben und Kurzzusammenfassungen kultureller Veranstaltungen, daß in dieser Kessellage hauptsächlich Schönwetterkurzberichte zu finden seien. Allenfalls werden am Ende Schulnoten verteilt. Wie für Politiker nur Kunst, die eröffnet werden kann, Kunst sei, sei für Zeitungsleute nur Kunst, die veranstaltet werden kann, Kunst. Das hänge wahrscheinlich damit zusammen, daß die Kulturjournalisten es schon lange aufgegeben hätten, vom Gegenstand ihrer Berichterstattung auch nur die geringste Ahnung zu haben, weil sie dazu entweder geistig gar nicht in der Lage seien, oder weil sie eben nicht genügend Raum zur Verfügung hätten, kam es aus dem Publikum. Feuilleton zum Beispiel sei ein Fremdwort, dafür machen die Kulturjournalisten die Chefetage verantwortlich, die Chefetage macht die Leser verantwortlich. Die breite Masse der Bevölkerung übernimmt traditionell keine Verantwortung (kann aber nicht irren), die breite Masse der Bevölkerung tritt nicht zurück (man kann nicht die ganze Mannschaft auswechseln), die breite Masse tritt auf der Stelle (läßt sich entschuldigen).

Der Minister solle ruhig wissen, daß in den einheimischen Gazetten auf zehn Seiten Sport durchschnittlich eine halbe Seite Kultur komme, das wußte der Minister natürlich schon. Dieser halben Seite werde gewöhnlich die Hälfte für eine Photographie weggeschnitten, zum Beispiel für die Photographie des Tennislehrers, auf einer Viertelseite sei die kulturtheoretische Debatte zugegeben auch beim besten theoretischen Willen und mit den fulminantesten eloquenten Kompetenzen nur schwer zu bewerkstelligen. Das gesamte Geistesleben sei den einheimischen Gazetten nicht mehr Platz wert als die Brustwarze des Stubenmädchens aus Birmingham auf Seite fünf. Beim Sport hingegen habe jede Redaktionsmickymaus ihre eigene Glosse für Theorie und Analyse und versuche, auf dem Portraitphoto dreinzuschauen wie Eliot Ness. Bösartige Mediokratie, schimpften die Experten, bösartige Mediokratie. Jedenfalls sei gerade der sogenannte Kulturjournalismus nicht nur selbst kulturfern und kulturfeindlich, sondern in entscheidender Weise mitverantwortlich für die fundamentale Kulturlosigkeit der einheimischen Bevölkerung und damit auch für die immer krasser werdende Obdachlosigkeit der Künstler als Künstler. Die einheimischen Breitengazetten schrieben über Kunst ja auch nur unter der Voraussetzung umfangreich und leidenschaftlich, daß das Kunstwerk KEINE KUNST, sondern ein MACH-

WERK und eine SCHWEINEREI sei; die einheimischen Breitengazetten nährten ja auch ausschließlich die niederen Instinkte. Im übrigen sei die überwältigende Mehrheit der Bevölkerung hilflos und bewußtlos den tagtäglich auf sie niederprasselnden SPORTPORNOS und dem profanen Prominenzgeplauder und den Almwanderwegsverherrlichungen und allenfalls faschistoiden Randglossen einiger greiser Gesindelcharmeure ausgeliefert. Da konnte der Minister endlich stoßseufzen.

Als die Kulturjournalisten verdattert ihre lückenlose Untätigkeit für LETTRE INTERNATIONAL und für die FRANKFURTER ALLGEMEINE und die SÜDDEUTSCHE und die NEUE ZÜRCHER so schonungslos enttarnt und ihre eigentliche kulturferne Redaktionsgeruhsamkeit und ihr pensionsersehnendes Kunstachselzucken und die Ungeniertheit und Kaltschnäuzigkeit dieses Kulturachselzuckens entschlüsselt und dem Minister serviert fanden, mutierten sie vom ANWALT DER KUNST salopp zum ANWALT DES LESERS und gaben den frustrierten Aggressoren und weltfremden Wüterichen und SCHREIHÄLSEN zurück, daß man es sich allzu leicht mache, wenn man den Leser einfach für dumm halte. Der Leser sei mittlerweile MÜNDIG und FLEXIBEL und WELTGEWANDT geworden, der Leser wisse sehr wohl, was er wolle, der Leser lese mittlerweile auch OHNE TOTES HUHN, der Leser lasse sich nichts mehr VORSCHREIBEN, der Leser wisse, was er zu lesen habe, der Leser regle die KULTURKRITIK und die kulturtheoretische Debatte gewissermaßen INTERN und EN PASSANT. Die überwiegende Mehrheit der Bevölkerung ließe sich nicht als Trottel und KARAWANKENDEPPEN hinstellen. Es gebe hierzulande mittlerweile womöglich bereits mehr Vollakademiker als Vollidioten, es sei denn, es befänden sich auch unter den Vollakademikern Vollidioten. Vollakademiker und Vollidioten dementieren das allerdings energisch. Außerdem komme in Wirklichkeit auf durchschnittlich acht Seiten Sport eine ganze Dreiviertelseite Kultur. Immer schön bei der Wahrheit bleiben.

Natürlich hätten die Leute AUSSER KULTUR und der BRÜCHIGKEIT DER WELT und dem GEBRÜLL DES KOSMOS auch noch andere Sorgen. Wenn die Leute frühmorgens bei Frost und Finsternis todmüde aufstünden und spätabends bei Frost und Finsternis todmüde heimkämen, hätten sie auch ein UNTERHALTUNGSBEDÜRFNIS und ein ENTSPANNUNGSBEDÜRFNIS und ein ABLENKUNGSBEDÜRFNIS, da kann der Kosmos brüllen, so viel er will. Natürlich gebe es AUSSER KULTUR auch noch andere Werte im Leben, natürlich lasse sich die überwältigende Mehrheit das harmlose Vergnügen des Eishockeyderbyentgegenfieberns nicht madig machen, die STIMMKRÄFTIGE UNTERSTÜTZUNG der Athleten und das Informationsbedürfnis bezüglich der Rotjacken und Adler seien doch NICHTS NEGATIVES. Außerdem sei Sport schließlich auch eine Art Kultur im Sinn von LEBENSÄUSSERUNGSKULTUR, nur eben keine so abgehobene und elitäre und obergescheite. Das AUSHÄNGESCHILD Sugar Sereinig zum Beispiel habe in einem Interview unlängst seine Vorliebe für die BILDENDE KUNST einbekannt, nur daß er in seiner sehr sympathischen menschlichen Bescheidenheit diese seine Vorliebe für die bildende Kunst nicht immer an die GROSSE GLOCKE hänge. Nicht zu vergessen: Nach jedem Tor der Rotjacken spiele der Hallensprecher den Cancan aus Jaques Offenbachs Operette ORPHEUS IN DER UNTERWELT, das heißt, allen Unkenrufern zum Trotz existiere in Wirklichkeit ein HARMONISCHES MITEINANDER von Sport und Kultur. Gerade, daß man nach Gegentreffern nicht LACRIMOSA DIES ILLA aus Mozarts Requiem auflege. Sportler GEIGEN, ZUPFEN, bringen KABINETTSTÜCKE zur Aufführung oder schießen Tore wie aus dem BILDERBUCH (Landesförderungspreis für Kinder- und Jugendliteratur! Dotation öS 20.000,–; Einreichung unveröffentlichter Manuskripte in dreifacher Ausfertigung unter Kennwort mit persönlichen Angaben sowie der Erklärung über die bislang nicht erfolgte Veröffentlichung in einem gesondert der Einreichung beigeschlossenen Kuvert an das Amt der Kärntner Landesregierung blablabla, es ist für alle Eventualitäten immer bestens vorgesorgt, was will man mehr?). Natürlich hätte die überwiegende Mehrheit der Bevölkerung neben dem NATÜRLICHEN Kulturbedürfnis auch noch ein NATÜRLICHES Ordnungsbedürfnis. Wenn die Leute abends bei Frost und Finsternis müde und heiser und ausgelaugt samt ihrer SÜDLÄNDISCHEN BEGEISTERUNG von einem Eishockeyderby heimkommen, möchten sie sich die Harmonie ihrer GEREGELTEN EXISTENZ nicht schlechtmachen lassen von Wörthersee entwässernwollenden und Karawanken sprengenwollenden Kunstextremisten und Chaoten, die keinen Stein auf dem anderen lassen wollen. Die breite Masse will keine Kunst, die erst erklärt werden muß, in einer Welt, die nicht erklärt werden kann. Wenn sie abends von den Strapazen des Tages erschöpft und ausgezehrt heimkommt, will die Miesmacher überwältigende Mehrheit keine ihre Satzungetüme ins Volk hineinpeitschendwollenden Dichter und vor allem keine Infernotheorie, sondern sich und ihre Mentalität und ihren Wörthersee und ihre Karawanken in Frieden gelassen wissen. Das habe nichts mit KULTURLOSIGKEIT zu tun, sondern einerseits mit der Hochachtung für das überkommene Kulturgut, und andererseits schon eher mit einem GERÜTTELT MASS LEBENSFREUDE. Außerdem sei es woanders auch nicht besser. Nebenbei könnte man Ulrike Längle den Stadtschreiberposten anbieten, und wem was nicht paßt, der solle doch woanders hingehen, am besten nach Polen, halte ihn ja keiner, brauche ihn ja keiner und sei ja keiner auf ihn angewiesen und auch keiner auf ihn neugierig. Aber auswandern funktioniert und zählt wie geschrieben nicht, woanders ist man anders und ein anderer, woanders ist man nicht der, der man ist, wenn man ist, wo man ist. Die Künstler sind ja angeblich dazu da, die Leiden des Lebens und die Leiden der Welt auf sich zu nehmen, wie die Altersheime die Alten, die Krankenhäuser die Kranken, die Irrenhäuser die Irren, die Leichenschauhäuser die Leichenschauer und die Leichen und die Mülldeponien den Müll. Sollen sie nur, sollen sie ruhig. Die Schriftsteller sagen ja selbst, sie seien nicht die Ärzte, sondern der Schmerz, bitte schön und bitte sehr, aber warum wundern sie sich dann, daß man sie unter Quarantäne stellt. Daß man sie kaltstellt. Warum beklagen sich unsere Möchtegernmärtyer und selbsternannten Schrecklichkeitsexperten und Infernospezialisten und Antipathieträger dann also, daß sie leiden und niemand mitleidet, daß der überwältigenden Mehrheit der Bevölkerung die Möchtegernmartyrien und das Leiden und vor allem die chaotischen Leidensphantasien der Künstler, die Bilder von Vernichtung, Untergang und Grausamkeit, Bösartigkeit, Durchtriebenheit und Verschlagenheit, Not, Tod, Verwesung blablabla zuwider sind und daß sich die überwältigende Mehrheit der Bevölkerung samt ihrem INTUITIVEN GEFÜHL FÜR SCHÖNHEIT angeekelt abwendet?

Die Presse habe selbstverständlich eine enorme Verantwortung und daher auch ein enormes Verantwortungsbewußtsein ihrer Leserschaft gegenüber und bei allem nötigen Respekt für die ANLIEGEN DER KUNST auch das UNTERHALTUNGSBEDÜRFNIS und ABLENKUNGSBEDÜRFNIS und ORDNUNGSBEDÜRFNIS und INFORMATIONSBEDÜRFNIS der überwältigenden Mehrheit der Bevölkerung zu berücksichtigen.

Infolge dieses Verantwortungsbewußtseins gegenüber dem Informationsbedürfnis, kam wieder ein Gegenstoß, sei sich die Presse nicht zu schade, ihrer mündigen Leserschaft auf das Ausführlichste auseinanderzusetzen, welche Eishockeyspieler infolge Wuchs, Kraft, Leidenschaft in welchen Eishockeyfans Kurzurlaub machen oder welche hübschen (charmanten, entzückenden, attraktiven, begehrenswerten) Frauen heiraten (PFLICHTSPIEL, MANNDECKUNG, blablabla); wann sie sich zugunsten welcher noch hübscheren Frauen wieder scheiden lassen und welche Eishockeyspieler überglückliche Väter welcher überglücklichen Kinder mit wieviel Lebendgewicht und welcher Augenfarbe werden und was sie dem Sprößling (BAUXERL) mit in die stabile Wiege legen (FÜR VEREINSNACHWUCHS SORGEN); welcher Repräsentant des Vereinsvorstands sich mit welchem Blumenstrauß einstellt oder welcher Eishockeyspieler nach welcher Eishockeyschlacht in welcher Pizzeria welche Pizza verschlungen hat (VORBILDFUNKTION!) und womit sie belegt war. Wohin kämen wir denn, wenn wir das alles nicht mehr wüßten? Für so wichtige und richtungsweisende Ereignisse und unentbehrliche Informationen ist immer genügend Raum vorhanden. Manchmal ist sogar Platz für ein Kurzinterview mit dem Pizzakoch und wie er diese Sternstunde erlebt hat und wie er mit seiner produktiven Nervosität zurandegekommen ist. Es würde mich gar nicht wundern, würde man demnächst auch noch die Pizza interviewen, es würde mich gar nicht wundern, würde die Psyche der Pizza von Lampenfieber geplagt, bevor sie im Eishockeyspielerinneren verschwindet. (Fragebogen ausfüllen lassen!). Nach meinem letzten Auftritt im steiermärkischen Hartberg, nach dieser literarischen Auswärtsschlacht im Schatten der Fischbacher Alpen, habe ich persönlich mir, weil kein Adabei von sich aus vorhanden war, erlaubt, der Kulturredaktion ein Protokoll meines anschließenden Abendessens zu faxen, die Anzahl der Oliven auf meiner Pizza wurde der mündigen Leserschaft aber nicht einmal in wenigen Zeilen überliefert.

Da fällt mir auch ein, daß ich meinen Sugar Sereinig in der Zeitung unlängst eng umschlungen mit einer drei Meter hohen Plastikmickymaus abgebildet gefunden habe. Ein privater Mäzen hatte ihm nämlich für seinen Siegestreffer gegen die Elephanten spontan eine Reise ins Eurodisneyland nach Paris spendiert, also genau dorthin, wo Rilke seinen MALTE LAURIDS BRIGGE erschuf und dann in sein schmerzhaftes Schweigen fiel; genau in die Stadt der Armen und Leidenden und gespenstischen Krüppel und ihren krankhaft wachen Sinnen und ihrer Angst und Wehrlosigkeit. Paris, genau die Stadt, wo auch ein „Österreichisches Kulturinstitut" steht, und zwar sinnfälligerweise in der BOULEVARD DES INVALIDES, genau die Stadt, wo Marlon Brando im Film DER LETZTE TANGO VON PARIS zu Maria Schneider den berühmten Satz sagt: „Alles außerhalb dieser Wohnung ist Blödsinn", genau die Stadt, die nur noch auf mich wartet, damit ich ihren Existentialismus mit meinem Existentialismus vervollkommne. Da hat sich Sugar Sereinig aber gefreut, war in der Kärntner Tageszeitung unter dem Bildnis des die Riesenplastikmickymaus umschlingenden Sugar Sereinig zu lesen. Gleich nach dem Ende der Meisterschaft möchte er die Reise nach Paris antreten, um die WIRKLICHE Mickymaus zu besuchen, bekannte er in der Zeitung, die im Interesse ihrer Leser (INFORMATIONSBEDÜRFNIS) selbstverständlich alle Vorbereitungen treffen wird, gleich nach dem Ende der Meisterschaft einen Photoreporter ebenfalls nach Paris zu entsenden, um das historische Zusammentreffen zwischen der WIRKLICHEN Mickymaus und dem Karawankenbären einem eventuellen Vergessensprozeß schon im vorhinein zu entreißen. Den Pariser Ausflug möchte er sich keineswegs entgehen lassen, sagte Sugar laut Zeitung auch noch, die Pariser Gelegenheit möchte er unbedingt ausnützen, die Pariser Chance möchte er verwerten, das heißt,

HALB MÄRZ, HALB HERBST, VOLL TRAURIGER ESSENZEN
WER JE DEN WIND IN SEINE LUNGEN TRANK

WENN ROT DIE TÜRME NOTRE DAMES ERGLÄNZEN
ER IST NACH DIR VOR WILDER SEHNSUCHT KRANK.

PARIS, MUTTER DER KUNST UND JEDER GRÖSSE
DIE WIE DER SIEG AUF DEINER STIRNE SCHWEBT
UND DEINER ALTERSGRAUEN SCHLÄFE BLÖSSE
IN EINEN WALD VON LORBEER STOLZ BEGRÄBT,

sinngemäß wenigstens.

In der Intimität unseres Stiegenhauses – ich bezeichne dieses Treffen in meiner Dissertation DIE ZWEITE STIEGENHAUSZÄSUR – gestand mir Sugar Sereinig, die Zeitung durchblätternd und die ihn selbst kräftig und herrlich und leidenschaftlich eng umschlungen mit der Riesenplastikmickymaus zeigende halbseitige Photographie musternd, dann aber, die Puppen verfolgten ihn und seien scheinbar sein Schicksal. Verständliche Späße müsse man verstehen, nur werde er nach dem Ende der Meisterschaft und der Meisterschaftsstrapazen selbstverständlich unter gar keinen Umständen die Strapazen einer Parisreise auf sich nehmen, sondern „ausruhen", „schlafen", eventuell im Garten Schnittlauch und Radieschen setzen.

Nach Ablauf der nationalen Meisterschaft und der Alpenmeisterschaft und der internationalen Meisterschaft und der Weltmeisterschaft sei die ganze Mannschaft immer „ein bisserl tot". Nach Ablauf der Meisterschaften fliege die Mannschaft geschlossen auf Urlaub nach CORPUS CHRISTI (Texas/USA), um sich ein bisserl wiederzubeleben und aufzuerstehen – was es in CORPUS CHRISTI zum Beispiel für TEMPEL geben soll; ein Wahnsinn, ein

Wahnsinn –, nur er fliege trotzdem nicht, er sage immer ab. Er müsse völlig abschalten, um das stereotype Psycho-Geschrei aus den Ohren zu bekommen. Ende Mai geht's dann wieder mit dem Sommertraining los (Nietzsche). Er tingle das ganze Winterhalbjahr lang ununterbrochen und immer mit dem gleichen Eishockeyzweck mit der punktejagenden Vereinsmannschaft durch die Alpen von Fassa nach Varese und von Feldkirch nach Fiemme und von Bozen nach Alleghe, Serpentinen auf und ab von einem Frostnest ins andere, in einem Bus, der vom serpentinenbedingten Erbrochenen der Kameraden meistens gar nicht gesäubert ist. Auf der Rückfahrt aus Feldkirch erleide die Mannschaft geschlossen ein gastritisches Debakel gegen das Hirschragout vom Arlberghirschragoutspezialitätenrestaurant (das Hirschragout wird dafür aber von der Zeitung mit vernichtender Kritik überschüttet). Außerdem immer diesselben Actionvideofilme im Busvideorecorder (AM HIGHWAY IST DIE HÖLLE LOS), mit der Nationalmannschaft nationalhymnenübend von Holland nach Norwegen und von Fairbanks nach Murmansk und von Timisioara nach Sapporo,

WAS FANDEN WIR IM GLANZ DER HIMMELSENDEN?
EIN LEERES NICHTS. NUN SCHLAPPT UNS DAS GEBEIN,

da fehle ihm die rechte Lust, anschließend auch noch freiwillig und ohne Titan und ohne, daß dort PUNKTE zur Jagd freigegeben worden wären, nach Paris zu reisen (LÄSTIGE VERPFLICHTUNG). Davon abgesehen wüßte er auch gar nicht, was er bei seinem Zusammentreffen mit der wirklichen Mickymaus mit ihr anfangen sollte. Damit nahm Sugar einem Kommunikationsskeptiker wie mir natürlich das Wort aus dem Mund. Die Mickymaus und er paßten schon rein altersmäßig nicht zusammen, meinte Sugar. Recht habe er, meinte ich, Sugar sei fünfundzwanzig, die Mickymaus schon über fünfzig. Jedenfalls habe er der Mickymaus nichts zu sagen, sagte Sugar, nur könne man der Zeitung ja nicht die Wahrheit sagen. DIPLOMATIE, sagte er. Blöde Fragen hätten eben blöde Antworten zur Folge, und da ihm seit Jahren immer nur blöde Fragen gestellt würden, bliebe ihm gar nichts anderes übrig, als seit Jahren diplomatisch blöde Antworten zu geben, mittlerweile spule er die blöden Antworten schon ganz automatisch herunter. Undiplomatisch kluge Antworten auf blöde Fragen seien tabu, gerade in Sachen Wahrheit existiere seitens des Vereinsvorstandes ein MAULKORBERLASS – wieder etwas primär Zoologisches. In unserem Zirkus haben nur dressierte Bären eine Chance, in anderen Zirkussen wird es nicht anders sein. Vor einem Derby werden hüben wie drüben, also für Bären und Adler generell Maulkorberlässe verhängt, wenn auch wenigstens drüben ornithologisch ungenau. Sich eng umschlungen mit der Riesenplastikmickymaus photographieren zu lassen, sei gewissermaßen die STALLORDER des Vereins gewesen (wieder die falsche Sorte, aber immerhin sind doch momentan die ADLER SPITZENREITER (KUNSTSTÜCK!), und immerhin wird allmählich das Fabelfaschierte komplett). Das STEIN GEWORDENE LÄCHELN EINES BLÖDEN sei integraler Bestandteil der Öffentlichkeitsarbeit und auf ausdrücklichen Wunsch der Zeitung geschehen (VORBILDFUNKTION!). Mit den Medien muß man sich gutstellen, sagte Sugar, sonst machen sie einen fertig. Die Zeitung selbst habe die Riesenplastikmickymaus organisiert und zur Verfügung gestellt, der Photoreporter selbst habe die Riesenplastikmickymaus aufgepumpt IM SCHWEISSE SEINES ANGESICHTS. Die Zeitungsmacher gingen davon aus, daß die Kärntner Masse nach möglichst großen und möglichst bunten und möglichst zahlreichen und möglichst alles andere Weltgeschehen und alle anderen

Weltbilder ersetzenden Photographien Riesenplastikmickymäuse umschlingender Eishockeyspieler geradezu lechzt, daß ganz Kärnten solche Riesenplastikmickymäuse umschlingende Eishockeyspielerphotographien aus der Zeitung schneidet und daß sich ganz Kärnten diese Riesenplastikmickymäuse umschlingenden Eishockeyspielerphotographien lüstern übers Bett nagelt im Rahmen der GEREGELTEN EXISTENZ. Und die Vorarlberger sind übrigens auch nicht anders. Die Breitenwirkung, die Beliebtheit und die Popularität der Eishockeyspieler sei womöglich darauf zurückzuführen, daß sie FÜR JEDEN SPASS ZU HABEN SIND und den Spaß der Öffentlichkeitsarbeit ernst nehmen, wohingegen die Breitenwirkungslosigkeit und Zurückgedrängtheit und das Problem der einheimischen Intellektuellen und Künstler womöglich sei, daß sich die Künstler und Intellektuellen ZU GUT seien, sich für die Zeitung den Koitus mit einer Riesenplastikmickymaus simulierend photographieren zu lassen, selber schuld. Vor lauter Kunst und Intellekt fehle den Künstlern und Intellektuellen der RICHTIGE RIECHER, die Künstler und Intellektuellen müßten LOCKERER werden und den Bezug zur Basis wiederfinden. Mit ihrer humorlosen und herablassenden Art Riesenplastikmickymäusen gegenüber disqualifizieren sich die Künstler und die Intellektuellen selbst, da dürfen sie sich nicht über ihr Schattendasein wundern. Die Kunst ist undiplomatisch, und sie begegnet den Wahrheiten nicht mit den für die Wahrheiten vorgesehenen Maulkorberlässen, das ist das Problem. Kunst ist zu undiplomatisch und zu ungehobelt und zu unflexibel, heißt das.

Niemand macht dem SCHREI einen Vorwurf, schlußfolgere ich in meinem Existierersatzzimmer, weil er einmal einen schlechten Tag hat und mit dem falschen Fuß aufgestanden ist. Soll er sich ruhig einmal austoben, soll das norwegische ENFANT TERRIBLE RUHIG EINMAL SEINEM ÄRGER LUFT MACHEN, das ist gesund,

CRY BABY! Das Problem beim SCHREI ist aber, daß er seit 1893 ununterbrochen und unaufhörlich schreit und wie eine defekte Alarmanlage aus einer SCHRECKSEKUNDE eine Schreckewigkeit, einen Schrecken ohne Ende macht, als hätte nicht jeder Masseur einen Vereisungsspray bei sich. Da verlieren sich allmählich die Spannung und das Mitzittern. Einmal könnte der SCHREI ja durchaus schreien, aber er müßte sich auch wieder beruhigen und Entwarnung geben können. Am nächsten Tag könnte man ihn ja mit besserer Laune und mit FREUNDLICHEN NASENLÖCHERN (Kärntner Tageszeitung) darstellen; am übernächsten Tage könnte der SCHREI zum Beispiel ein Lied pfeifen oder singen oder jodeln und auf Brautschau gehen, HOLIOLIOLIOLIO-HOLIOLIOLIÄÄÄH, wieder ein anderes Mal im Frühtau zu Berge ziehen, Blümchen pflücken, lächeln, winken, mit dem Genitalschutz wacheln, Kußhändchen werfen, die Norwegische Nationalhymne intonieren, Autogramme geben, jubeln, johlen, eine Mickymaus umschlingen, Pizza essen und so weiter, wie das Leben eben so spielt. Das Problem in der Kunst ist, daß niemand AUS FEHLERN LERNT und DIE KONSEQUENZEN ZIEHT und die TAKTIK ÄNDERT und ES BEIM NÄCHSTEN MAL BESSER MACHT. Das heißt, bei der Premiere könnte man es dem jungen, draufgängerischen Debutanten Parzival ja durchaus nachsehen, daß er es unterläßt, seinem verletzten Onkel die Mitleidsfrage zu stellen und damit ein langes, langes Drama auslöst. Aber bei der Vorstellung am darauffolgenden Abend, sozusagen beim COMEBACK, könnte er doch wirklich schlau und routiniert genug sein, kurz einmal OHEIM, WAZ WIRRET DIR UND WIE GEHT'S DENN SO zu fragen und die Sache damit enorm abzukürzen, das Drama RECHTZEITIG HERUMZUREISSEN und VORZEITIG ZU ENTSCHEIDEN. Außerdem müßte man den Gral TROPHY oder Weltpokal nennen.

Kunst müßte, wenn sie beachtet werden will, ein EWIGES AUF UND AB sein. Tatsächlich ist die Kunst aber immer das gleiche und GEHT IMMER GLEICH AUS, und es ist immer alles im vorhinein entschieden, da verliert sich allmählich die Spannung und keiner geht hin. Einmal kann man sich ein Kunstwerk ja noch ZUR NOT anschauen, aber dann wird es zur Kunstmaschine, und der Spielverlauf ist lückenlos vorprogrammiert. Oben wirft der Künstler immer dieselben Figuren hinein, drückt auf den Handlungsknopf oder auf den Zwischendenzeilenknopf, und unten kommt immer dasselbe Elend heraus. Das heißt, jedes Kunstwerk sollte bei 0:0 beginnen, und es sollten Überraschungen möglich sein. Die PAPIERFORM sollte dann und wann auf den Kopf gestellt werden können. Wie man vor dem Spiel nicht wissen kann, ob Feldkirch oder der KAC gewinnt, dürfte man beispielsweise auch vor der DON GIOVANNI-Aufführung nie wissen, wie DON GIOVANNI ausgeht. Die Figuren müßten das ENGE KORSETT sprengen, Eigenverantwortung übernehmen, mehr Handlungsspielraum bekommen und es einmal AUF EIGENE FAUST VERSUCHEN. Nicht immer dieses BÜHNENSCHACH. Einmal könnte Don Giovanni den Komtur ja durchaus abstechen, aber ein anderes Mal müßte er sich zum Beispiel eben sagen, nein, ich lasse mich nicht provozieren, und Mord ist außerdem Verbrechen, Schluß mit den blöden Bluttaten. Oder aber der Komtur setzt sich einmal gegen Don Giovanni durch, gewinnt das Prestigeduell und sticht ihn ab, das wäre eine ECHTE SENSATION. Oder aber im letzten Moment braust ein Notarztwagen daher und liefert beide ins Krankenhaus ein, schon nähme die Aufführung einen völlig neuen Verlauf. Dann würden die Don Giovanni- und Komtur-Fans als ZWÖLFTER MANN mitfiebern und je nach Vorliebe den Komtur oder Don Giovanni unterstützen, anfeuern oder eben auspfeifen. Spannend wie ein Hitchcock-Krimi müßte die Kunst sein, außerdem dürfte man erst am Ende dahinterkommen, wer der wirkliche Mörder ist. Und nicht zu vergessen die Mittel aus dem Operntototopf. So aber ist es zum Beispiel komplett sinnlos, zum Komtur zu halten, der bietet immer nur ein Trauerspiel. Allenfalls kann man kopfschüttelnd Schiebungsgerüchte in die Welt setzen. Momentan muß man ja nur auf die Uhr schauen, und man weiß schon eine Stunde vorher exakt, was wann wie passieren wird. Da ist es freilich nicht notwendig, daß man die entscheidenden Szenen in Zeitlupe wiederholt und Don Giovanni nach der Oper interviewt, wie es ihm diesmal gegangen und wie es ihm gelungen ist, den Komtur auch diesmal wieder zu überlisten und IN DIE SCHRANKEN zu weisen und INS OFFENE MESSER LAUFEN zu lassen. Was sollte Don Giovanni schon groß sagen können als: Wie immer in den letzten zweihundert Jahren, kein Problem (BLÖDE ANTWORT). Einmal könnte sich Don Giovanni durchaus die Bauernbraut Zerlina schnappen, aber bei der nächsten Aufführung sollte er sich – je nach Tagesverfassung – denken können, heute habe ich keine Lust und keine Freude am Sex, Zerlina ist mir außerdem viel zu häßlich und vulgär und rustikal. Und ich bin ja – ehrlich gestanden – auch nicht mehr der Jüngste. Heute keine Champagner-Arie, heute gehe ich nicht ins Schloß, heute gehe ich zum Beispiel lieber in den Wald hinaus zum Psychoanalytiker (siehe: Parzival). Oder heute stehle ich zum Beispiel lieber den SCHREI aus der Nationalgalerie von Oslo oder die MONA LISA aus dem Louvre oder Ernst Kuchers LILLEHAMMER IM WINTER, das wäre eine ECHTE SENSATION. Oder warum bei der Bauernhochzeit nicht einmal ein Pfeifkonzert und eine Massenrauferei. Warum bei der Bauernhochzeit nicht einmal PFLICHTSPIEL, BODYCHECK und FÜR VEREINSNACHWUCHS SORGEN!

Und dann die Ergebnisse! In der Kunst sind doch die Ergebnisse so schwer zu behalten! Don Giovanni sollte nicht in der „Begeistung des Fleisches durch des Fleisches eigenen Geist“ oder so ähnlich gipfeln und nicht mit Sätzen enden wie IN EIN KLOSTER LASST MICH ZIEHEN, DORT MEIN LEBEN ZU BESCHLIESSEN oder WIR, ZERLINA, GEHN NACH HAUSE, SETZEN UNS ZUM ABENDSCHMAUSE. Don Giovanni sollte nicht mit der für die überwältigende Mehrheit der Bevölkerung enttäuschenden und eher uneinsichtigen Einsicht enden, daß die scheinbar ungleichen Elemente Ernst und Humor, Tragik und Burleske derart gemischt sind, daß der ständige Wechsel unwillkürlich zum Stilmerkmal der Oper wird, sondern zum Beispiel 1:0 oder 3:4 nach Verlängerung, das wäre eine ECHTE SENSATION.

5

Auf gar keinen Fall, erklärten die Kultur-Mickymäuse im Angesicht des Ministers unisono, lasse sich die überwältigende Mehrheit der einheimischen Bevölkerung neben dem kulturlosen Untertanentum und der Engstirnigkeit ohne weiteres auch Verschlagenheit und Durchtriebenheit und niedrige Instinkte unterstellen, Völlerei, Trunksucht, Brutalität, Geilheit und permanentes unterschwelliges Balzgehabe. Vielmehr ist DER KÄRNTNER UNVERWECHSELBAR ANDERS, an und für sich und von Haus aus, nur wenn freilich, dann blablabla, alles andere sind entweder Gemeinplätze oder Einzelfälle, der Reiseschriftsteller Felfernig demonstrierte im Hintergrund, wie man im Sitzen stolziert.

Da wird der Minister ganz bei sich wohl wieder einmal an den legendären ersten Wahlkampfauftritt seines Parteigenossen und nunmehrigen Bundeskanzlers in Zwettl gedacht haben, an die ZWETTLER ANEKDOTE, die der Minister im kleinen Kreis beim kleinen Rausch in den Extrastüberln der Gasthäuser der Nacht so gern zum besten gibt. Da sei der nunmehrige Bundeskanzler am Zwettler Hauptplatz hinters Rednerpult getreten und habe auf der Suche nach einem möglichst unverfänglichen Einstiegskompliment als allererstes ins Mikrophon gerufen: DIE ZWETTLERINNEN UND ZWETTLER SIND GAR NICHT SO DUMM, WIE SIE AUSSCHAUEN. Wie herzlich lachen da die kleinen Kreise! Das gibt es doch gar nicht! Ohne um die eventuellen anekdotischen Assoziationen des Ministers infolge seines diplomatischen Eigenmaulkorberlasses Bescheid zu wissen, erklären die Kulturjournalisten in der Gegenoffensive weiter, es entspreche auf gar keinen Fall den Tatsachen, daß die Zeitung ihrer Auflagenstärke zuliebe etwaige niedrige Instinkte auch noch nähre und befriedige. Es entspreche auf gar keinen Fall den Tatsachen, daß man etwa im Photoarchiv der Redaktion stundenlang nach einem Bildnis der Eisläuferin Katarina Witt für das Titelblatt stöbere, auf dem sie ihre Beine gespreizt hätte (EINZELFALL!) und auf dem unter ihrem Röckchen auch ihr Höschen und eventuell unter dem Höschen noch ein Diminutivchen sichtbar würde, damit der überwältigenden Mehrheit der einheimischen Bevölkerung, wenn sie morgens todmüde erwacht, gleich beim Frühstück im Rahmen der geregelten Existenz die informationsbedürftigen Augen und das informationsbedürftige Adrenalin übergingen (KLISCHEE!), damit der geile Durchschnitt vor lauter Keinhöschen von Traurigkeit auf Touren käme und damit die KARAWANKEN WANKEN (REDAKTIONSREIM, KULTUUUR!). Achtzehnsiebenundvierzig hätten wir selbstverständlich auch das achtzehnsiebenundvierzig im Wörthersee ertrunkene Moll-Liedermachermädel auf die Titelseite genommen, nur hätte man den Untergang rechtzeitig bei der Redaktion anmelden und vorankündigen müssen und die Qualität der Pressephotographie war damals noch nicht so hochentwickelt wie heute. Dafür, daß die charmante (blablabla) Katarina Witt ihre Oberschenkel und die knackigen Waden beim Eiskunstlauf nicht unter einem Jutekostüm verstecke, könne doch die überwältigende Mehrheit der Bevölkerung nichts (TATSACHE). Allfällige ästhetische Empfindsamkeit und allfälliger ausgeprägter Schönheitssinn seien freilich in den Augen der überwältigenden Mehrheit der Bevölkerung noch NICHTS NEGATIVES. DIANDLE, KUMM HER ZAN ZAUN, LOSS DA IN DIE AIGLAN SCHAUN.

Über die jüngste Lavantwelle berichten die Zeitungen zum Beispiel gern und großzügig, über die unermüdlichen wissenschaftlichen Anstrengungen bei der historisch-kritischen Aufarbeitung des Briefwechsels zwischen Lavant und Berg, der nun ein sensationelles und ganz neues Lavantbild entstehen läßt, wenn man es mit dem alten Bild vergleicht, das Berg gemalt hat. Mona Lisa statt Munch. Die Korrespondenz läßt laut Wissenschaft an Deutlichkeit nichts zu wünschen übrig: Wir wissen nun nicht nur, daß nicht Berg mit Lavant, sondern Lavant mit Berg Schluß gemacht hat. Wir wissen dank der Wissenschaft nun vielmehr: Die Beziehung der beiden war eindeutig eine sexuelle. Nur die spezielle Freude daran sollte noch prozentuell aufgeschlüsselt werden.

Die Maler und ihre Modelle, es ist doch immer das gleiche! Hat die Frau Lavant trotz Skrofeln und Gebrechlichkeit und Schwerhörigkeit tatsächlich einmal höchstpersönlich...! Ganz so wie ein richtiger Mensch der Moderne! Da hat sie doch den einen oder anderen Punkt liegen lassen. Das bisherige klischeehafte Bild von den Skrofeln ohne Unterleib muß nun durch das Hochglanzbild von Skrofeln mit Unterleib ersetzt werden. Alle übrigen Klischees im wissenschaftlichen Umgang mit toten Dichtern dürfen beibehalten werden. Vielleicht wird man in ein paar Jahrzehnten auch erfahren, welche Wissenschaftlerin mit welchem Wissenschaftler vor und nach dem Umgang mit den toten Dichtern, und was das für die Wissenschaft bedeutet hat. Vielleicht hat dann sogar auch Rilke einmal so richtig...? Gräfin Thurn Taxis im Abendrot über der Adria, 18–20.00? Das würde seine Herbstgedichte aber in einem ganz neuen Licht erscheinen lassen! Vielleicht ist die Zeile vom Hintreiben der Früchte zur Vollendung in Wirklichkeit ganz ordinär gemeint. Früchte lassen ja in ihrer landläufigen Metaphorik an Deutlichkeit ohnehin nichts zu wünschen übrig. Wachen, lesen, lange Briefe schreiben, ja, aber welche? Schweinische? Oder wenigstens parfumierte, historisch-kritisch. Kein Unterleib von Traurigkeit. Und wenn eines Tages Beate Uhse doch noch anfängt, zarte Gedichte zu schreiben, das wäre vielleicht ein innergermanistischer Orgasmus. Ein Rätsel, das die Philologie aber doch noch lösen sollte, ist, warum die Dichterinnen und Dichter ihre Privatkorrespondenz nicht selbst veröffentlicht und zum Markte getragen haben, sondern bloß aufgegeben haben, als seien sie Eishockeyspieler.

Es ist ja nicht so, daß Künstlerleben und Kunstwerk nicht miteinander zusammenhängen würden, aber sie erklären und sie beweisen einander nicht. Viele stricken, und das Resultat sind bloß Socken, viele haben Mittelohrentzündungen und werden ihr Leben lang nicht schlau daraus, viele gehen miteinander ins Bett und es kommt kein gutes Buch dabei heraus, viele gehen unter, und es gibt bloß Luftblasen an der Wasseroberfläche. Die Philologen schneiden ein Schöpferleben auf und ziehen eine biographische Faserplatte heraus, sie schneiden das Schöpferfleisch auf und finden drinnen ein Anatomielehrbuch, sie schneiden eine Schöpferseele auf und finden drinnen eine psychoanalytische Einführungsvorlesung, Taschenbuchausgabe, zehnte Auflage. Noch nicht einmal einen Fragebogen. Aber sie kassieren vierzehn Mal im Jahr für ihre Aufgeschnittenen, deshalb schneiden sie weiter. So ist die Forschung, wenn man anders forscht als ich, also üblich. Und wo sich die Datenschutzverletzungsgeilheit selber feiert, da darf natürlich auch die Zeitung nicht fehlen.

Jaja, die Zeitung, natürlich ist die Zeitung schuld, immer soll an allem die Zeitung schuld sein, sagen die Zeitungsleute. Wir berichten, und die Berichte sind für Leser da, das gilt für die Forschungsseite ebenso wie für den Sportteil, aber niemand ist laut Zeitungsleuten moralisch und ethisch und zivilisatorisch so heruntergekommen, etwa ein Eishockeyspiel in erster Linie zu besuchen, um die integrale Massenrauferei zu genießen, also bitte! Solch haltlose Unterstellungen läßt sich die schweigende Mehrheit (Maulkorbmasse) nicht gefallen. Selbstverständlich ist niemand so unanständig, zum Eiskunstlauf, in dem ja immerhin das Wort KUNST steckt, zu gehen, um an den integralen Beinen der Eistänzerinnen seinen Voyeurismus (pfui!) zu befriedigen, außer eben Leute mit solchen Ferkel-Psychen wie die von Künstlern und verlotterten Drecksdichtern. Musil etwa, ja auch den können wir heute zitieren, hat in seiner Eigenschaft als Tennispublikum einmal unverhohlen libidinös bemerkt, der „unsportliche Betrachter“ käme „beim Spiel der Damen zu lohnenden Eindrücken“. „Eine bekannte deutsche Spielerin“, schreibt er, „hatte herrlich gebräunte Arme und Beine von der gleichen Farbe, die in kurzen Söckchen staken; es war am ersten Tag des Turniers die große Sensation, nach der einer der Zuschauer den anderen fragte, ob diese Beine nackt seien, aber gegen Abend war es entschieden, daß die hübsche Dame raffinierte Strümpfe trug. Sie trug auch hübsche Ohrringe, die bei jeder heftigen Bewegung neben ihrem Gesicht baumelten. Nicht groß und etwas breit gebaut, erinnerte sie in der diskretesten Weise an ein schönes Südseemädchen, hüpfte kannibalisch auf beiden Beinen von einer Seite zur anderen und hob das Knie gegen die Nase bei jedem starken Schlag, den sie führen mußte.“ Und nicht ein Sterbenswörtchen über die Quintessenz, über das Endresultat. Kein Wunder, daß Musil so lange unbekannt geblieben ist. Kein Wunder das mit dem Revolver. Jahrzehnte nach seinem Tod als Erfinder von DAMEN mit HERRLICHEN ARMEN doch noch in die Kunstgeschichte einzugehen, ist auch ein eher fragwürdiges Kunststück. Umso unglaubwürdiger, anachronistischer und obsoleter muten die Ergüsse des Lustmolchs Musil an, wenn man weiß, daß heutzutage auch beim Spiel der Damen kaum noch Südseemädchen, sondern gewöhnlich grunzende Monster über den Court hetzen, die ihre herrlichen Arme in Interviews nur noch als HEBEL bezeichnen und dementsprechend weder befummelt, noch begrapscht, sondern ganz einfach abgestochen werden. Welch Verbrechen, welch ein Frevel! Ach, vor Schrecken und vor Zagen fühl ich alle Pulse schlagen. Voyeure jedenfalls haben ausgedient. Und außerdem macht es sich auch nicht gut, daß die Spieler während des Spiels dauernd Bananen schmatzen.

Doktor Musil als Mensch und Körper war übrigens gar so passiv, diskret und „unsportlich“ auch wieder nicht, hat im Gegenteil selbst sehr viel Leibesübung getrieben, vor allem Fechten, Ringen, Tennis, (Hockey war damals noch nicht bekannt, berichtet er), und später, nach dem RÜCKTRITT auch noch viel Ausgeklügeltes und Erfrischendes über das Phänomen Sport abseits der herrlichen Damenstrumpfproblematik geschrieben. Musil hat freimütig bekannt, daß ihm „beim Ringen wenig Seelisches in den Sinn“ gekommen und er durchaus der Meinung sei, „daß Geistesabwesenheit außerordentlich gesund ist“. Das kommt natürlich alles in die Dissertation. Ich weiß auch, daß sich die gesamte zeitgenössische Bundesliteraturszene ziemlich lückenlos in enthusiastische Anhänger von Sturm Graz, Rapid, Austria Wien, Austria Salzburg, Wacker Innsbruck einteilen läßt: Hier mag die klassisch-österreichische biedermeierliche Losung von der „Heiterkeit auf dem Grunde der Schwermut“ gelten. Mehr noch: Albert Camus, DER „Fremde“ schlechthin, der Paradetheoretiker der Absurdität des Universums, der sicher auch dessen Gebrüll gehört hat, hat sogar die Sisiphusanstrengung des aktiven Spitzensportlers nicht gescheut, war eifriges Mitglied der Fußballelf des Racing Universitaire Algier und wurde erst durch einen Tuberkuloseanfall davon geheilt.

Ebensowenig wie Robert Musil möchte ich mich über den Sport an sich lustig machen, sondern hätte im Gegenteil wirklich Lust, Musil einmal ein As zu servieren oder mit einem Forehand-longeline-Schlag zu passieren, Musil unter vier Augen ans Netz zu locken und auf dem falschen Fuß zu erwischen. Ich kann mir schon vorstellen, daß ein herzhafter Schlagschuß von der sogenannten Blauen Linie genau ins sogenannte Kreuzeck ein beinahe ebenso unmittelbares und fulminantes und geradezu himmlisches

Glücksgefühl zu erzeugen vermag wie die Konstruktion einer satzwertigen Nennformgruppe, die Verwendung eines Genitivus possesivus oder die plötzliche Eingebung eines Oxymorons (RIECHER). An manchen Sommerabenden spiele ich gewissermaßen GEGEN MEINE KOPFSCHMERZEN, das heißt: gegen meinen INNEREN SCHWEINEHUND, in einem mittels Buschwerk von der Außenwelt abgeschirmten Park mit Fleisch und Blut und anderen Menschen, die allerdings sicherheitshalber ausschließlich Turnusärzte sind, wenn auch in einem Einzeltrikot allen Ernstes Breitenfußball, trotz Trauma, Telos und Tiraden. Ganz menschenleer kann man nicht Fußball spielen. Und ich war sogar zweimal bei meinen Turnusärzten im Gipszimmer, da ist es allerdings leider sofort wieder aus mit der Geistesabwesenheit. Den Indianer schaffe ich nicht so richtig, ich bin das Munchsche Bleichgesicht geblieben.

Ich habe nur meine prinzipiellen Probleme „mit jener lebensunkundigen Eitelkeit der Jugend, die an ihrem gesunden Körper nicht nur Freude, sondern ein Wundergefühl empfindet, weil in diesem Zaubersack noch alle Erfolge der Welt stecken, ohne daß eine Enttäuschung davorgekommen wäre." Es wimmelt in Wirklichkeit von Enttäuschung, und inter faeces et urinas nascimur, tut mir leid. Deutlicher als Musil möchte ich anmerken, daß ich das Sportbetreiben und vor allem das Betreiben von Mannschaftssport und Nationalmannschaftssport in die Kategorie des Exkrementierens und Ejakulierens einordne. Wer von Geburtswegen mit einem Körper gestraft ist, kommt ohne das Phänomen der Ausscheidung (K.O.-System) nun einmal nicht aus. Wie alle Materialien, die sich im Gang der Verdauung als unbrauchbar erweisen, müssen auch die unverdaulichen Stoffe der Politik, das ist das Existieren mit anderen Menschen, abgesondert und in Form von Sport ausgeschieden werden. Und da ist es mir allemal noch lieber, man verrichtet seine Notdurft und das fidele

Gemeinschaftsejakulationserlebnis im Park im Abendrot anstatt in der Kaserne, an der Front oder in die Zaubersackinnereien seines Nächsten. Die Frage ist bloß, ob der ZWÖLFTE MANN auf der Toilette tatsächlich so mitreißend motivierend ist. Wer seinen Notsport ohne Schamgefühl und Peinlichkeit vorsätzlich vor Publikum (Abführmittel, mündig) verrichtet, muß genaugenommen ein pathologischer Exhibitionist sein. Mein eigener Exhibitionismus nimmt halsabwärts stark ab. Alles, was ich mir als Sportler von etwaigem Publikum erwartete, wären Diskretion, Mitleid, Beileid, Nachsicht und Verständnis. Und daher kann ich mich auch nicht so recht mit den Transparenten solidarisieren, auf denen der Villacher Sportverein DER SINN DES LEBENS und der KAC eine RELIGION genannt werden, das heißt ja Opium (siehe DOPINGLISTE und SÜNDENFALL und FAHNDUNG), als ob wir nicht auch ohne Sport mehr als genug Religion und Religionsschlachtenbummler und Religionsgemetzel hätten. Sportler, die sich vor dem Sport bekreuzigen, sind mir ein Balken im Auge. Religion sollte man studieren müssen mit Examen und Klausur und Reprobationsfristen und Dissertation oder eben bleiben lassen. Jedenfalls darf man sie nicht mit der Urologie verwechseln. Selbst wenn skandinavische Mythen berichten, daß die nördlichen Völker der grauesten Vorzeit ihre Gottheiten mit Schlittschuhen abgebildet haben, und selbst wenn mir in der grauen Gegenwart Sugar Sereinig im Stiegenhaus leibhaftig erscheint, ändert das nicht das geringste an meinem Atheismus. (Um den herum die großen Teufel stehen.)

6

Etwa zwei Stunden vor dem großen Eishockeyderby zwischen Klagenfurt und Villach, diesem seit Wochen propagierten und seit Tagen restlos ausverkauften Spiel der LETZTEN HOFFNUNG, verließen Sugar Sereinig und ich gleichzeitig unsere Wohnungen – ich bezeichne dieses Treffen in meiner Dissertation DIE DRITTE STIEGENHAUSZÄSUR, und er sagte mir im Stiegenhaus plötzlich und von mir völlig unerwartet, er hätte sich, nachdem wir nun schon seit über einem Jahr im selben Haus wohnten, aber bisher noch kaum richtigen Kontakt gehabt, sondern eher gleichgültig aneinander vorbeigelebt hätten, eigentlich vorgenommen, mich zu überraschen und mir für dieses heutige Spiel der letzten Hoffnung, für dieses vorweggenommene Finale, Freikarten zu besorgen, damit ich einmal etwas anderes als meine Schreibmaschine sehe und Gelegenheit habe, meinen Nachbarn LIVE bei der Arbeit zu sehen, und damit gewissermaßen das Eis breche. Er würde mich nämlich gern besser kennenlernen, und er würde sich freuen, falls auch ich ihn besser kennenlernen wolle. Es sei ihm aber letztlich leider nicht gelungen, Karten zu bekommen, weil der Vereinsvorstand und das Management in der Zurverfügungstellung von Freikarten längst nicht mehr so spendabel wie früher seien, als der Kassier noch Woche für Woche als HÄNDEREIBENDER SIEGER VOR DEM SPIEL in der Zeitung gestanden ist.

Nun aber habe der Vorstand eine AKTION SCHARF begonnen und eine HARTE GANGART eingelegt, was freilich mit dem deprimierenden Leistungsabfall und der Erfolglosigkeit und der Verunsicherung der Mannschaft und dem daraus resultierenden Budgetdefizit und dem

Loch in der Vereinskassa zusammenhänge. Auch die Sponsoren, die finanzkräftigen Banken und Versicherungen und Wirtschaftsunternehmen murren schon, der TEMPELHERR dreht den GELDHAHN zu, die Brauerei ist erschüttert, die Bank droht ganz offen mit Kultursponsoring, eine KATASTROPHE, das öffentliche Hebelende kratzt den öffentlichen Hinterkopf, alle fordern dringend ein LEBENSZEICHEN. Seine Kollegen und er stünden von Spiel zu Spiel unter immer gigantischerem Druck, von SPIEL könne genaugenommen gar keine Rede mehr sein. Der ganzen Mannschaft STEHE DAS WASSER BIS ZUM HALS. Es sei, sagte mir Sugar, zum Verrücktwerden, ganz einfach zum Verrücktwerden (ich habe es ja schon eingangs vermutet). Beim Derby seien Massenandrang und Händereiben ja vorprogrammiert, aber eine neuerliche Niederlage bedeute höchstwahrscheinlich den TOD. Deshalb sei ihm die Überraschung leider mißlungen. Aber vielleicht einmal ein Abendessen. Ich war schon allein von dieser die Höflichkeit sprengenden Freundlichkeit tatsächlich überrascht und wünschte Sugar für das Spiel der letzten Hoffnung ganz ehrlich alles Gute und viel Glück und viele Lebenszeichen, nebenbei mit dem Gedanken spielend, die Sugar Sereinig betreffenden Passagen meiner Dissertation und alles, was in die Nähe einer Denunzierung und „üblen Nachrede" kommt, zu streichen – es wird ohnehin kein unkompliziertes Unterfangen, beim Rigorosum den in die Dissertation hineinverwobenen Eishockeyspieler zu verteidigen –, was ich aber schließlich doch nicht gemacht habe, weil einerseits genaugenommen meine ganze Dissertation als üble Nachrede konzipiert, aber andererseits ohnehin für die Verrottung im Universitätsbibliothekkeller bestimmt worden ist. Ich glaube, manchmal ist es wirklich nicht ganz leicht mit mir. Ich dankte Sugar auch ganz ehrlich für sein Bemühen, mir Freikarten besorgen zu wollen, war aber nicht nur, weil ich ja einen anderen und für mich erheblichen Termin hatte, ganz ehrlich sehr erleichtert, daß Sugar in seiner Bemühung, mir Freikarten zu besorgen, an der harten Gangart des Vorstands gescheitert war und insofern nicht ganz ehrlich, als ich ihm die Erleichterung verschwieg und meinerseits zu feig war, die Grenzen meiner Höflichkeit zu sprengen, sondern sogar versuchte, ein gewisses Bedauern in meinen Gesichtsausdruck zu bekommen. Das Abendessen verwenden wir dann für die Habilitation, da werde ich mich total korrigieren und demütigst alles wiedergutmachen.

Schon tags zuvor hatte mich die Redaktionsobermickymaus in Erinnerung meiner Glosse über den Stadtrat für Determinismus und Omniinkompetenz angerufen und mich eingeladen, das Derby von der Pressetribüne aus mitzuverfolgen und ETWAS WITZIGES über das Spiel der letzten Hoffnung zu schreiben. Dieses Angebot konnte ich, auch ohne explizit zu erwähnen, daß die PRESSETRIBÜNE nicht zu den von mir bevorzugten Aufenthaltsorten gehört, noch recht elegant mit der Ausrede ausschlagen, daß mir unter Garantie nichts Witziges auf Bestellung und vor allem nichts Witziges über letzte Hoffnungen einfiele; schon pietätshalber nehme ich, wenn man so will, Rücksicht auf die religiösen Empfindungen meiner Mitmenschen. (Siehe auch: THERAPIE STATT KRIMINALISIERUNG.) Davon abgesehen hätte ich schließlich aus allerersten Quelle erfahren müssen, daß bereits meinen ersten Essay niemand witzig, sondern alle Leser, also Zeitungsleser nur unverstehbar und kryptisch gefunden haben. Ihnen unverständliche Späße verstehen meine Landsleute nicht. Damit nicht genug, werde ich seither da und dort allen grotesken Ernstes für einen SPORTREPORTER gehalten, HERR SPORTREPORTER rufen mich die Turnusärzte im Park, daraus muß man die KONSEQUENZEN ziehen. Es ist auch gar nicht einzusehen, warum ein Eishockeyspiel automatisch Sekundärliteratur, warum ausgerechnet ein Eishockeyspiel automatisch Sekundärpopulärliteratur nach sich ziehen soll, warum eine Sache, die so leicht zu verstehen ist, weil daran eigentlich nichts zu verstehen ist, immer wieder akribisch kommentiert und analysiert und gedeutet werden muß und einem ganzen Haufen von Sprücheklopfern mit ihren Binsenwitzen und Recyclingkalauern, gewöhnlich VETERANEN, vorzügliche Arbeit schafft. Ich sei jedenfalls mit Sicherheit eine Fehlbesetzung. An meiner Stelle könnte vielleicht ein Verhaltensforscher gute Dienste tun; der hätte seine Forschungsfreude mit den schlägernden Vorbildfunktionen, mit Revierverhalten (Heimvorteil), mit Faustrecht (Durchsetzungsvermögen), Hackordnung (sich KEINE FREUNDLICHKEITEN SAGEN) und Balzgehabe (es MIT DER BRECHSTANGE VERSUCHEN), mit der zügellosen und protzsüchtigen und gewaltachtenden Jugend und ihrem exzessiven Elend, mit dem Hautgout der alkoholvergifteten Einzelfälle auf der Herrentoilette, mit den Flachmännern der Männer, mit der Inbrunst und tatsächlich skrupellosen Mordlüsternheit kleiner Beamter und Arbeiter und Angestellter und sonstiger notdürftig domestizierter Kreaturen, mit dem konzentrierten Gesindel, das hier ungestraft psychisch exkrementieren darf. (Hier würde ein guter Sachbuchautor streichen.) Ich höre ja schon den stereotypen Einwand des einheimischen Literaturkritikers, es handle sich hier wieder einmal um Pauschalisierungen und Klischees, es könne doch außerdem nicht immer alles gar so schlimm und schlecht sein wie in meinen diffusen pandämonischen Anfällen, und ich quetsche wieder einmal meinen Prosapapa aus, als ob die genaueste Dichtung etwas daran ändern könnte, daß das Wort GESINDEL zwar Einzahl ist, aber automatisch Mehrzahl bedeutet. Ich weiß nicht, was soll es bedeuten, daß mir gegenüber selbst Literaturwissenschaftler plötzlich immer den sogenannten gesunden Hausverstand entwickeln, sodaß ich an Ort und Stelle die fünftausend versoffenen und verrohten Klischees und parolenbrüllenden

Nervensägen und stereotypen Schlachtenschunkler über Lautsprecher auffordern müßte, der Literaturkritik zuliebe doch einmal in sich zu gehen und sich der Literaturkritik zuliebe etwas individueller und subtiler und authentischer neuzuinszenieren, dann wäre aber der Teufel (RED DEVIL) los! Bias (AEK Athen, Urgroßvater) sagt, die meisten sind schlecht, Heraklit (Olympiacus Piräus), zur Verbesserung der Lage sollten sich sämtliche Mitbürger aufhängen. Inter faeces et urinas vivimus, aber dazu muß ich nicht auf die Pressetribüne.

Ich bin kein bundesstaatlicher Volksbildungsreferent und auch nicht dazu da, naserümpfend die Wildheit irgendwelcher Triebe und Begierden zu lindern, auf daß es uns wohlergehe blablabla, ich hole niemanden aus seiner analen Phase, aber ich möchte meinerseits auch von niemandem in seine hineingezogen werden. Viel schwieriger wäre es da schon gewesen, Sugars persönliche Einladung, mich gratis und ohne schriftliche Gegenleistung, GANZ EINFACH ZUM VERGNÜGEN an allfälligen Lebenszeichen, in die Masse der Mitfieberer hineinzuquetschen, auszuschlagen. Viel komplizierter wäre es gewesen, zu toben, wie die Masse tobt, viel komplizierter wäre es gewesen, zu jubeln, wie und wenn die Masse jubelt. Selbst falls Klagenfurt Eishockeymeister oder Österreich Eishockeyweltmeister würde, würde sich mein Leben dadurch nicht wesentlich bessern. Im Gegenteil nähme die Furchtbarkeit meines Daseins (das Grauen und der Schrecken und der schmerzvolle Schauder des Lebens sowie die Brüchigkeit der Welt) womöglich noch dramatisch zu, müßte ich plötzlich unter Leuten leben, deren Existenz sich durch einen Klagenfurter Nationaleishockeymeisterschaftsgewinn oder durch einen Österreichischen Globaleishockeymeisterschaftsgewinn tatsächlich bessert.

So verschleudere ich also Angebot um Angebot, Einladung um Einladung, Chance um Chance. Aus all diesen Gründen, aus genereller Tiergeschichtengeringschätzung und auch, weil es mir dort ganz einfach zu kalt ist, bin ich selbst schon sehr lange nicht mehr in der Eishalle gewesen, das letzte Mal vor über zwei Jahren mit einem befreundeten Turnusarzt, den ich im Gipszimmer kennengelernt habe, dem ich aber, wie ich annehme, mit meinen eigenwilligen daseinsanalytischen Kommentaren am Stehplatz bloß das Spiel verdorben habe; wenigstens ist er seither nie wieder auf die Idee gekommen, mich zum Besuch eines Eishockeyspiels zu überreden. Während sich mein medizinischer Freund zu meiner Verblüffung wirklich für das Spiel und überhaupt nicht für die potentiellen Verletzungen interessiert, drei Drittel lang zum Beispiel nicht einmal das Wort MENISKUS verwendet und auch keinerlei Anstalten gemacht hat, angesichts des Eisdramas zu unseren Füßen sämtliche Möglichkeiten des Fürchterlichen in höchster Konzentration in seinen Bemerkungen zu fokusieren, habe ich es von Anfang an nicht so recht zusammengebracht, mich mit den sogenannten HAUSHERREN, also mit UNS zu solidarisieren und MITZUZITTERN (Mitzittern wäre auch eine psychologisch ungünstige Unterstützung) oder infolge eines wegen angeblicher Abseitsstellung aberkannten Treffers dieser Hausherren in authentische Wut zu geraten, sondern habe meine Aufmerksamkeit gleich auf die in Wut geratenen Zuseher gelenkt, die den Schiedsrichter lauthals der Blindheit, Betrunkenheit, Bestochenheit, Geisteskrankheit und Mitgliedschaft bei der Mafia beschuldigten und außerdem ein Transparent mit sich führten, auf dem stand IN GOD WE TRUST. Es bleibt dabei: Kein Stadion und kein Schlachtfeld ohne Herrgottswinkel. Und wie immer steht Gott dabei vor einer BEINAHE UNLÖSBAREN AUFGABE.

7

Den Fragebogen und das Psychogramm eines Schiedsrichters auszuwerten, wäre wohl nicht ohne Reiz, und wenn schon keine manifesten masochistischen oder sadomasochistischen Neigungen zu Tage treten, so kann es doch nicht ganz falsch sein, ihm eine gewaltige Demütigungsakzeptanz zu diagnostizieren. Schiedsrichter haben sicher e i n Lager gegen sich, das andere aber nicht für sich. Die Anhänger der Verlierer werden für die Niederlage schon routinemäßig sicher auch den Schiedsrichter verantwortlich machen, die Anhänger der Sieger für den Sieg die Sieger, nicht den Schiedsrichter. Der Schiedsrichter kann selber keine Tore schießen und ist außerdem unterbezahlt. Am Sieg ist immer der Sieger schuld, der Glückliche ist tüchtig, nicht umgekehrt, das Glück ist immer bloß ein Quentchen, nie ein Quantum. Wenn Sport Exkrementieren ist, dann ist der Schiedsrichter das Pissoir. Und es ist noch nie jemand in die Eishalle gegangen, um den Schiedsrichter zu sehen, außer vielleicht der Schiedsrichterobmann. Und außer mir.

Das Beste, was man von einem Schiedsrichter behaupten kann, ist, daß man ihn gar nicht bemerkt hat (DAS BESTE IST ES, NICHT ZU SEIN), wie ja im Reglement nicht nur die Maxime, daß Schiedsrichterentscheidungen TATSACHEN sind (wrong or right, my referee: das ist die säkularisierte Variante des Unfehlbarkeitsprinzips), sondern auch die ausgesprochene Kuriosität verankert ist, daß der Schiedsrichter LUFT ist, nihil negativum, ontologisch gesprochen. Er trägt daher auch traditionell die UNSCHLAGBARE EXISTENTIALISTENFARBE. Daher schütteln sich auch immer fünftausend Leute vor Lachen, wenn die Luft einmal ausrutscht und auf den Existentialstenhintern plumpst (verständlicher Spaß). Das Nichts richtet und kann von nirgendwo Applaus und EMOTIONALE ZUWENDUNG erwarten. Im Grund stehen alle Richter, alle Entscheidungsträger der Welt in dieser mißlichen Situation, alle Ordnungshüter im Chaos, alle, die urteilen, beurteilen, einschätzen, abwägen, würdigen, ermessen müssen. Die Lebensschiedsrichter, die Leidensschiedsrichter, die Literaturschiedsrichter. Im Zweifelsfall – und der Zweifelsfall ist der Normalfall auf diesem Planeten und in seinen Stadien – muß als letzte Autorität und ultima ratio das sogenannte FINGERSPITZENGEFÜHL (emotio) herhalten, wobei sich die Fingerspitzengefühle der breiten Masse, die zwischen aufopferungsvoller Liebe einerseits und abgrundtiefem Haß andererseits schwanken, von der schwer nachvollziehbaren Schiedsrichterfingerspitzengefühlskälte eklatant unterscheiden. Ein Fingerspitzengefühl verletzt das andere, die Nüchternheit und Herzlosigkeit der Fingerspitzen des Schiedsrichters führen publikumsseits zur ultima emotio der geballten Faust (international übliche Härte, international übliche Aggressivität, international übliche Fingerspitzenlosigkeit). Wenn aber ein Schiedsrichter einmal UNSICHERHEITEN zeigt und der verzweifelte Schiedsrichterdaumen in einer brenzligen Situation am verzweifelten Schiedsrichterzeigefinger reibt, ist das auch wieder eine Geisteskrankheit und ein Skandal.

Daß Schiedsrichter AUCH NUR MENSCHEN sind, ist sicher ein großes Problem, mit dem man schleunigst einmal Technische Universitäten konfrontieren sollte, aber wahrscheinlich auch gar nicht die Wurzel allen Übels. Selbst der allmächtige monotheistische Gott, der Himmel und Erde erschaffen und laut der natürlich ebenfalls von ihm selbst erschaffenen Theologie sogar so komplizierte Rätsel wie das, ob er, Gott, einen Stein erschaffen kann, der so schwer ist, daß selbst Gott ihn nicht aufheben kann (Sorgen hat die Theologie!), locker und zur vollen Zufriedenheit der Theologie lösen kann, wäre als Schiedsrichter eines Eishockeyspiels heillos überfordert, wenn BEIDE LAGER, beide Untergöttertruppen auf ihn vertrauen, erklärte ich dem Turnusarzt. Da stand es nach einem völlig zuunrecht anerkannten Abseitstreffer der Gäste und wilden Protesten und dramatischen Appellen der Heimischen an den Schiedsrichter, sich doch umgehend beim Tierarzt zu melden, tatsächlich null zu eins.

Gott selbst wäre in dem Dilemma, unmöglich gleichzeitig lieb und gerecht sein zu können. Liebe ist Ungerechtigkeit, Gerechtigkeit Lieblosigkeit, Gleichgültigkeit und sogar Unbarmherzigkeit und Brutalität. Wie freilich niemand einen gerechten und gleichgültigen Gott haben wolle, sondern alle nur an einem lieben Gott interessiert seien, an einem günstigen Gott, seien auch alle bloß an einem lieben, günstigen und gewogenen Schiedsrichter interessiert, die Gastgeber an einem HEIMSCHIEDSRICHTER, die GÄSTE an einem AUSWÄRTSSCHIEDSRICHTER, sagte ich. DA KANNTE DIE EMPÖRUNG KEINE GRENZEN (Null zu zwei). In einer Allwissenheit wüßte Gott, der Gerechte (DIKTATOR) zwar, daß er faktisch zum Beispiel einen Penalty für die Gastgeber diktieren müßte, Gott der Liebe (THERAPIE STATT PENALTY) wüßte in seiner sich auch auf größere Zusammenhänge beziehenden Allwissenheit aber genauso, daß dieser Penalty im Fall seiner VERWANDLUNG zum Beispiel den Abstieg der zum Beispiel hochverschuldeten und um ihre nackte Existenz ringenden Gäste bedeutete, daß der Abstieg die Sponsoren abspringen ließe und infolgedessen den Bankrott und den Konkurs der Gäste und dieser Konkurs nicht nur die kollektive Depression im durch diesen Abstieg und Konkurs neugeschaffenen Katastrophengebiet, sondern auch die Entlassung der erfolglosen und hoffnungslosen Spieler bedingte, die Entlassung aber Arbeitslosigkeit und Verarmung und Verelendung, Verfluchung Gottes als ausrangierter Barmherzigkeitsweltmeister, Alkoholismus, Verzweiflung, Agression, Gewalt gegenüber Frau und Kind, Kriminalität, Zuchthaus, Selbstmord und infolgedessen Serienselbstmorde der ebenfalls in die Gosse geratenen treuen Anhänger. Die SCHIEFE BAHN ließe sich beliebig nach unten verlängern bis ins höllische Inferno. Also sub specie aeternitatis doch kein Penalty. Aber mit diesem Gnadenakt triebe er womöglich umgekehrt die Gastgeber in den Ruin, und die Gastgeber fingen an, in ihrem Elend Gott zu verfluchen, am Dasein zu verzweifeln, sich umzubringen et cetera. Und außerdem: Die Gerechtigkeit! Die Kraft und die Herrlichkeit der Wahrheit! In seiner Allwissenheit tut es sich Gott daher erst gar nicht an, das Schiedsrichteramt zu übernehmen und SCHICKSAL ZU SPIELEN, und er ZERPFEIFT das Weltgeschehen nicht, vor allem dann nicht, wenn es um Pflicht und ZWEI PUNKTE geht, wenn zwei rivalisierende letzte Hoffnungen in der MUTTER ALLER SCHICKSALSSPIELE (Kärntner Tageszeitung) und im DIREKTEN DUELL aufeinanderprallen, sondern er erläßt sich selbst einen Maulkorb und flüchtet sich mit seinem Gottesgehirn in die wirklich infantile Ausrede, daß es sich beim Menschengehirn eben um ein erbärmliches Schrumpforgan ohnehin schon törichter, kleiner Wesen handelt. Fast möchte man meinen, er sei Stadtrat. Und es ist ihm übrigens auch völlig egal, wenn sich ein Dichter aufs Eis wagt. Oder ins Verlagshaus. Oder in die Buchhandlung, sagte ich. Da stand es nach einer vom Turnusarzt so bezeichneten KATASTROPHALEN FEHLENTSCHEIDUNG null zu drei, worauf von überall Feuerzeuge, Filzhüte, Bierbecher, Fahnenstangen und Klopapierrollen ÜBERHITZTER GEMÜTER aufs Eis geworfen wurden, sodaß der Schiedsrichter die Mannschaften IN DIE KABINE SCHICKEN und eine Eisreinigung veranlassen mußte.

Der einzige Ausweg aus dem Dilemma wäre, erklärte ich dem Turnusarzt während der Eisreinigung weiter, daß sich alle Menschen freiwillig isolierten, rund um die Uhr zu Hause blieben, die Fenster verbarrikadierten und sich einmauerten, sodaß sie alle Existierersatzzimmer besäßen und nur noch durch ihr Fernsehgerät und den Schlitz für Post und Zeitung und eventuell einer Lebensmittelpipeline mit der Außenwelt verbunden wären, wodurch in dem Fall vielleicht abgesehen von einer automatisierten Nahversorgungsaußenwelt überhaupt keine wirkliche Außenwelt, also etwa kein wirkliches Eishockeyduell mit allen seinen Ungewißheiten und Zufälligkeiten und KALTEN DUSCHEN stattzufinden bräuchte, sondern erst im Sinn und je nach Wunsch der jeweiligen Endverbraucher beliebig erzeugt werden könnte, vielleicht etwa so ähnlich wie eine Romanverfilmung oder eine Oper. Die Journalisten und Reporter wären also endlich ganz offiziell aufgerufen, nicht zu BERICHTEN, sondern zu ERFINDEN, und zwar stets die Erfolgsmeldungen und Triumphe, die ihre Leser gern lesen, damit sie nachts gut schlafen, klar denken, Freude am Sex haben und blablabla und voller Hoffnung in die Zukunft sehen können.

Deutsche Zeitungen könnten zum Beispiel ausschließlich deutsche Triumphe und Heldentaten und Jahrhundertleistungen kolportieren, griechische griechische, polnische polnische, norwegische norwegische, österreichische Zeitungen österreichische, steirische Zeitungen steirische, Kärntner Zeitungen Kärntner Kantersiege und so fort, sodaß sämtliche Teilnehmer einer Staatsmeisterschaft garantiert und automatisch Staatsmeister und sämtliche Teilnehmer einer Europameisterschaft garantiert und automatisch Europameister und sämtliche Teilnehmer einer Weltmeisterschaft garantiert und automatisch Weltmeister würden, nur daß keiner vom anderen wüßte; daß es kein AUF UND AB und vor allem kein AB, sondern nur noch JAUSENGEGNER gäbe, imaginäre Jausengegner freilich, wodurch auf der Basis der absoluten Isolation und Immobilität der Weltkonsumenten ein wenigstens VERGOLDETES

Zeitalter ausbräche, das weder Gesetz, noch Richter benötigt, das weder Strafe, noch Angst und auch keinen Text von drohenden Worten auf Tafeln von Erz et blablabla kennt, sagte ich in die rundherum herrschende einheitliche Depression und Niedergeschlagenheit hinein. (Null zu vier und nicht einmal die Aussicht auf eine KOSMETISCHE KORREKTUR DES RESULTATS). ANALOG WÄREN DIE SPIELER AUFGEFORDERT, DEM FERNSEHEN ANSTELLE EINES SPIELS ZWEI AUFEINANDER FOLGENDE VÖLLIG GEGENSÄTZLICHE Schauspiele zu bieten, wobei jede der beiden Mannschaften ihren Konkurrenten nach jeweils AUFOPFERUNGSVOLLEM KAMPF und ATEMBERAUBENDEM KOMBINATIONSSPIEL jeweils HAUSHOCH besiegt (vom Platz fegt, aus der Halle schießt, unters Eis klopft, demütigt, vernichtet blablabla). Es ist nicht wahr, daß heute zuviel ferngesehen wird. Es ist wahr, daß noch immer zu wenig ferngesehen und daß die gewissermaßen tatenlose Tätigkeit des Fernsehens leider nach wie vor von anderen tragödienschwangeren Tätigkeiten unterbrochen wird. Nach wie vor leisten sich die wenigsten Menschen Dauerkopfschmerzen und mauern sich ein. Die Beziehung zwischen dem Fernseher und dem oft zurecht Fernseher genannten Fernsehgerät müßte noch viel inniger und intensiver und ausschließender und absoluter, Fernseher und Fernsehgerät müßten endlich eins werden, und wenn sich einer über das schlechte und langweilige Fernsehprogramm aufregen dürfte, dann müßte das das Fernsehgerät sein, nicht der Fernseher. Der absolut bewegungslose oder wenigstens fortbewegungslose lebenslängliche Dauerfernseher käme dem pascalschen Ideal wahrscheinlich recht nahe. Im lebenslänglich dauerfernsehenden Heimradfahrer, der also dauerfernsehend auf einem radlosen Rad sitzt, auf dem man tausende Kilometer herunterspulen kann, ohne einen einzigen Zentimeter zurückgelegt zu haben, ist das Maximum an gesellschaftspolitischem w. o. hergestellt. Und wer nichts kennt, der kennt auch keine Defizite. Das Paradies bleibt zwar utopisch, aber mit dem Fernsehgerät kann man immerhin weder streiten, noch raufhandeln. Begatten ist übrigens auch unmöglich.

Eine der theoretischen Schwierigkeiten in einer so präparierten und paralysierten Menschenwelt wäre freilich, daß Auseinandersetzungen und Duelle, also Stellvertreterduelle, nicht nur auf internationaler und nationaler, sondern auch auf regionaler, kommunaler, lokaler und gewissermaßen sogar punktueller Ebene stattfinden: daß also nicht nur Kontinente und Staaten, sondern auch Länder, Landstriche, Bezirke, Städte, Dörfer, Orte, Stadtteile, Straßen, Häuser, Haushalte, Zimmer, einzelne Menschen untereinander und miteinander rivalisieren, sodaß MASSENmedien im Extremfall nicht mehr funktionierten; daß in dieses Extrem gedacht jeder Mensch erstens seinen eigenen, persönlichen Existenzstellvertreter und zweitens sein eigenes Medium, das ihm die Großartigkeiten seines Stellvertreters vermittelt, seine eigene, persönliche und individuelle Rundfunkundfernsehanstalt bräuchte; das heißt, auf gegenwärtig etwa sechs Milliarden Menschen kämen auch sechs Milliarden Zeitungen, und jedesmal, da irgendwo auf der Welt ein Kind geboren wird, müßte im selben Augenblick auch eine neue Zeitung herausgebracht werden. Außerdem wäre mitzuberücksichtigen, daß jede Zeitung auch im extremsten Extremfall wenigstens EINEN Redakteur bräuchte, der sie schreibt und von vorn bis hinten mit den jeweils erwünschten und dem LESER AUF DEN LEIB GESCHRIEBENEN Frohbotschaften und Idealergebnissen und Traumresultaten vollstopft. Die Journalisten und Zeitungsmacher ihrerseits, die bedauerlicherweise auch nur Menschen sind, hätten allerdings niemanden mehr unter der Sonne, der ihnen selbst ihnen gemäße Märchen und Geschichten aus der tatsächlich völlig kaltgestellten und lahmgelegten Außenwelt erfindet, an denen sie sich befriedigen könnten. Diese Medienmacher würden also in ihrer Alleingelassenheit eudämologisch verelenden (der Turnusarzt wußte – schien mir – im Augenblick nicht ganz so genau, was eine EUDÄMOLOGISCHE VERELENDUNG ist) und wie die Munchgestalt in Panik geraten. Eines Tages würden sie an den von ihnen in die glückliche Irre geführten Blindgängern fürchterliche Rache in Form von frei erfundenen Unglücken, Hiobsbotschaften, Katastrophen, Debakeln, Abstiegen, Abstürzen, Untergängen, Tragödien, Totalversagern und Tabellenenden nehmen; Es sei denn, nicht bloß die Hälfte der Menschheit, sondern wirklich ausnahmslos alle Menschen dieses Planeten wären solche journalistischen Hochgefühlserfinder und Phantasten und Farçeure aus Nächstenliebe, schickten sich von Höhle zu Höhle und von Mausloch zu Mausloch und von Einzelzelle zu Einzelzelle rund um den Erdball ihre Idealresultate und Zweipunkteparadiese und Psychoidyllen zu und brächten es mit ihren gottverlassenen Gehirnchen zusammen, sich selbst lügend vom ersten bis zum letzten Augenblick ihres Daseins widerspruchslos belügen zu lassen, sagte ich dem eudämologisch kurzfristig verelendeten Turnusarzt. Dabei hatte ich auch meinen Dissertationsaußendecker Vilém Flusser im Sinn, der erklärt, daß die Leute bislang, anstatt zu sitzen, pendeln mußten, weil man sich bislang zu Hause nicht informieren konnte. Leute, die Häuser bewohnen, ohne je durch die Türen zu gehen, waren bisher „Idioten" im ursprünglichen griechischen Sinn dieses Wortes: Privatleute, die von der Welt nichts wußten. Das hat sich infolge der Informationsrevolution geändert: Informationen werden jetzt an Privathäuser verteilt, und gegenwärtig ist jener der Idiot, der durch die Tür ins Öffentliche schreitet. Eben. Ich kann mir vorstellen, daß kollektiver Muskelschwund ein anthropologischer Gewinn wäre, obwohl es natürlich eine perfide Hochstapelei der Informationsrevolutionäre war, den Menschen weiszumachen, daß die Informationen, die ihnen gebracht werden, etwas bringen, und daß die sogenannte InformationsFLUT etwas anderes brächte als Informationsertrunkene und Informationswasserleichen, sagte ich also meinem Turnusarzt, der das alles ganz offensichtlich nicht hören wollte, während der Hallensprecher seinerseits ziemlich frustriert und ohne auch nur ein einziges Mal ORPHEUS IN DER UNTERWELT aufgelegt zu haben, DIE LETZTEN ZWEI SPIELMINUTEN (THE LAST TWO MINUTES OF THE GAME) ankündigte. Genau an dieser Stelle sagt Schopenhauer, daß alles Glück dieser Welt bloß chimärischen Charakters ist und daß sich unser Weg ins Nichts bloß aus Schmerz und Langeweile zusammensetzt (absolutes Punktemaximum, Blaulicht!), da könnte der Dissertationsvater sagen, was er will. Wir danken Ihnen für Ihren Besuch und wünschen Ihnen einen angenehmen Heimweg und eine gute Nacht, sagte der Hallensprecher. Der Turnusarzt sagte SCHEISSE (siehe dazu auch S. 179ff meiner Dissertation sowie S. 155ff der hier vorliegenden Notizen). Sugar Sereinig sagte nichts, weil ihm im ersten Augenblick der Enttäuschung die Worte fehlten (Endverbrauchersprachlosigkeit). Er saß wie ein HÄUFCHEN ELEND in der Kabine im Kreis seiner aus deren Zaubersäckchen gepurzelten Mithäufchen, der ganze Haufen Elend war am Ende in ein Debakel geschlittert, der Schiedsrichter benötigte beim Verlassen der Halle angesichts der aufgebrachten Menge Polizeischutz, am Ende benötigte sogar die Polizei Polizeischutz.

8

Ich hatte also, weil mir Eishockeyspiele, und seien sie noch so wichtig und entscheidend, doch nur die Elendigkeit und Farçe der Jurisprudenz, die Popularität meines Nachbarn und den Tod Gottes offenbaren, allen Einladungen zum Trotz nicht vor, zum Eishockeyderby zu gehen und den KAC bei seinem Heimatdienst anzufeuern, sondern wollte wieder einmal mein eigenes Match spielen: Ich wollte meinen Mann aus Heerlen, Doktor Ruud Plethen, den Teamchef der sehr verehrten gegnerischen Kältetheoretikermannschaft, zu einem letzten Testspiel vor meinem Meisterschaftsfinale herausfordern. Ich wollte also, um meiner regionalexpressionistischen Autodissertation, die mittlerweile so gut wie abgeschlossen und nun nur noch einem offiziellen Dissertationsvater vor den Kopf zu stoßen war, den allerletzten Schliff zu geben, und auch, um noch einmal meine Taktik durchzugehen, den Vortrag Ruud Plethens im KLEINEN SAAL des Künstlerhauses mit dem Titel LOB DER KÄLTE besuchen, von dem ich bereits vor Jahren eine für mich äußerst dramatische Publikation mit eben diesem Titel LOB DER KÄLTE (EIN MOTIV DER HISTORISCHEN AVANTGARDEN) gelesen habe, die dabei großen Eindruck auf mich gemacht hatte und die daher schon ihrer Quellen wegen da und dort auch in meiner Dissertation vermerkt und kommentiert ist.

Ruud Plethen erwähnt in seinem Essay etwa den Roman DER GLETSCHER des dänischen Schriftstellers Johannes Jensen. Eine Horde von Waldmenschen wird gegen Ende der Tertiärzeit in Skandinavien von ersten arktischen Stürmen in die Flucht gezwungen. Nur einer, der Held der

Geschichte, entschließt sich, in der Heimat – das ist ein Wort von Jensen, allenfalls von Plethen –, die früher einmal tropische Temperaturen gekannt hatte, zu bleiben, um den Kampf mit der Kälte aufzunehmen. (AUSWANDERN GILT NICHT, WOANDERS IST MAN NICHT DER, DER MAN IST, WENN MAN IST, WO MAN IST.)Er marschiert in den Winter und stimmt, wie es in Jensens Roman heißt, den „großen Verneinungsgesang“ an. „Einsam und nackt“ zieht der Held auf den Gletscher, meditiert, reift und erkennt, daß kein „persönlicher Feind“ existiert, der „schuld“ an der Kälte wäre, und so „schwindet der letzte Rest seiner Tierseele“. Die Existenz auf entzaubertem Plateau beginnt. Nach vielen Wirren mündet der Roman in die Pointe, daß wir („wir“) sogar die Überlieferung der allmählichen Zivilisierung des Menschen dem Eis verdanken: Der Held graviert am Ende seine Lebensgeschichte in eine Platte des Urfelsens, die der Gletscher glattgeschliffen hatte. Jegliche Schrift, jegliche Literatur wäre ohne Eiszeit undenkbar (Unverständlicher Spaß).

Die „Philosophie“ des Romans wie auch die Philosophie Plethens ist kurzum die, daß jegliche Evolution auf der Abkühlung der Erde beruht. Für diese traurige These führt Plethen mehrere dutzend Kronzeugen aus allen möglichen Bereichen der Geistesgeschichte an, er kommt dabei beinahe so nonchalant wie ich von Nietzsche bis Brecht und dabei wirklich zu den tolldreistesten und waghalsigsten Einsichten; die wirklich einzigen, die in seiner Studie keine Berücksichtigung finden, sind Expressionisten, Existentialisten und Eishockeyspieler. Le Corbusier etwa, ein Schweizer, der eigentlich CHARLES EDOUARD JEANNERET geheißen und als sein Pseudonym den Namen seiner Urgroßmutter LE CORBÉSIER zu LE CORBUSIER abgewandelt, im übrigen aber kein Interesse an Traditionen gehabt hat, nennt die Kälte ein Indiz des reibungslosen Funktionierens. „Was nicht reibungslos funktioniert, erzeugt Hitze. Hitze ist ein Indiz funktionslos verausgabter Energie. Sie muß vermieden werden". Und insofern stellt Le Corbusier die Kälte schon am Beginn des Jahrhunderts als unabdingbare Voraussetzung für die Befreiung der Hausfrau aus ihrem Schicksal dar. Ist mir recht. Außerdem empfiehlt er die Verwendung von Stahlbeton, Drahtglas und Aluminium im Wohnungsbau und die Bevorzugung von weißen Schleiflackmöbeln mit eingelassenen Metallteilen. Metallene Büromöbel, Laborausstattungen und Schreibmaschinen der City National Bank preist Le Corbusier einmal mit den Worten, sie seien „kalt und brutal, aber genau und ehrlich", an ihnen „lerne man frieren". In sein LOB DER KÄLTE baut Plethen auch ein umfangreiches und geradezu fanatisches LOB DES KÜHLSCHRANKS und der TIEFKÜHLTRUHE ein. Sein gesamtes Programm läßt sich wohl nicht unzutreffend in drei Sätze von Ernst Jünger zusammenfassen: „Das Eis war einer unserer großen Lehrmeister, wie es der Winter heute noch ist. Es hat unseren ökonomischen, technischen und moralischen Sinn bestimmt. Es hat unseren Willen gestärkt, uns denken gelehrt."

Ich wollte mich als Geopath zwar nicht darauf einlassen, ob Ernst Jünger einen Schal trägt und falls er einen trägt, welchen er trägt; ich wollte mir im Kleinen Saal des Künstlerhauses vor allem nicht herausnehmen, einem mit solch südländischer Begeisterung gemachten Lob der Kälte eine durchkomponierte schonungslose KRITIK DER KÄLTE entgegenzuhalten – dazu war mir schon das Bild des einsichtigen und gewissermaßen zum Fatalismus gebrachten Helden am Gletscher und die Entzauberung des Zaubersacks zu eindrucksvoll, dazu war mir das Thema überhaupt zu groß und umfassend und auch zu „explosiv". Außerdem will man gerade in einem Testspiel niemanden ernsthaft verletzen. Ich spürte schließlich, was auch Ruud Plethen schlußfolgert, daß die SCHULE DER KÄLTE letzten Endes auch immer eine SCHULE DER TRENNUNG bedeutet, einen brutalen Intensivkurs für

Verabschiedungen: Die Trennung von familiärer Wärme und Geborgenheit, den Abschied von der Kindheit und ihren Bildern und den Abschied von den Eltern und den Abschied von der selbstverständlich kostenlosen Selbstverständlichkeit der Existenz und der Selbstverständlichkeit ihrer Vergnügungen, die Trennung von Imaginationen und Idolen, die Trennung von historisch gewachsenen Gemeinschaften, die Trennung von mythischen Fiktionen, die den Alltag steuern, den Abschied vom Ballast des kulturellen Erbes, schließlich den Abschied von dem, der man ist, wenn man ist, wo man ist. Lernen, nach und nach alles und schließlich sich selbst KALTZUMACHEN, es bleibt nichts anderes übrig. Kälte und Trennungen verursachen Schocks, und sie gehören zusammen, und sie sind unausweichlich. Das Leben beginnt mit einer ungeheuerlichen Trennung, und es endet mit einer ungeheuerlichen Trennung, und dazwischen wird man unaufhörlich geboren und stirbt. Zwischen Ersttrennung und Letzttrennung liegt eine Kette von unzähligen schmerzhaften und furchtbaren Niederlagen und Verlusten, Verlusttreffern gewissermaßen. Schon das Wort TRENNUNG ist zu modern und ungenau, es klingt ein wenig technisch und nach Unternehmung, nach Machbarkeit und Aktivität und gegenseitigem Einvernehmen. Nach kalkuliertem Schmerz. Die Worte ABSCHIED und VERLUST sind treffender und tragischer und schicksalshaft. Verluste kommen ohne reifliche Überlegung und ohne Kalkulation ganz von allein, sie passieren, sie brechen herein, und wo sie einschlagen, bricht alles zusammen. Jedes Menschenleben nimmt von Abschied zu Abschied teils an Bitterkeit, teils an Traurigkeit, immer aber an Hoffnungslosigkeit zu, bis schließlich überhaupt nur noch die absolute Hoffnungslosigkeit übrigbleibt. Aber die Hoffnungslosigkeit wird privatisiert und verschwiegen und in kleinen Kreisen mit perfiden Depressionsfragebögen behandelt. Sie sehen hoffnungslos in die Zukunft? Gut, gut, dann würde ich vorschlagen, wir probieren es einmal mit Xanor, vorerst vier Tabletten täglich, dann sehen wir weiter. Als ob es gegen das Dasein allen Ernstes ein Medikament gebe. Kein Mensch, den ich kenne, hat die existentiellen Niederlagen und Abschiede und Verluste, die hinter ihm und damit in ihm liegen, verkraftet und verdaut, keiner ist den existentiellen Niederlagen und Abschieden und Verlusten, die unbarmherzig auf ihn zukommen und damit in ihm sind, gewachsen, ich bin es genauso wenig. Ich sitze nicht zuletzt samt meinen Zentralheizungskopfschmerzen in meinem Existierersatzzimmer und versuche lebenslänglich damit auszukommen, daß meine Schreibmaschine BROTHER heißt, weil ich mich dem Reglement der Weltkälte nicht stellen will und am liebsten alles, mich eingeschlossen, längst hinter mir hätte. Vielleicht will auch bloß meine Phantasie nicht mehr, wie ich will. Im Unterschied zu mir rammeln meine Nebenmenschen ihre Leben mit allen möglichen Schikanen und Ablenkungen und unzählige Male restaurierten Wahngebilden (UNTERHALTUNGSBEDÜRFNIS, SOLIDARITÄTSBEDÜRFNIS, INFORMATIONSBEDÜRFNIS, GERÜTTELT MAß LEBENSFREUDE blablabla) voll, um erst gar nicht auf den Gedanken und das Gefühl zu kommen oder den Gedanken und das Gefühl sofort totzuschlagen, daß ihr Leben eine unaufhaltsame Niederlage und ein unweigerlicher Untergang ist. Wenn ich bedenke, daß meine Nebenmenschen nicht das geringste Verständnis, sondern nur Verachtung für einen Kältetheoretiker aufbringen können, der die Lossagung von familiärer Wärme und Geborgenheit in der Gemeinschaft und Aufgehobenheit in ererbten kulturellen Werten und selbstverständlich verwendeten Existenzen auch noch als anthropologischen Fortschritt hinzustellen wagt, dann müßte eigentlich ein gigantischer Sturm der Empörung über den Vortrag LOB DER KÄLTE losbrechen. Die EMPÖRUNG ist ja genaugenommen die Gegenbewegung zum UNTERGANG, wie der EMPORKÖMMLING genaugenommen das Gegenteil des UNTERGEHERS ist. Der Untergeher empört sich nicht mehr, der Emporkömmling darf und will alles, nur nicht untergehen. Aus allen Tälern und Schluchten und Alpenfjorden müßten also eigentlich die Menschen am Veranstaltungsort zusammenkommen, das Eishockeyderby müßte wegen Publikumsmangels und Konkurrenzaufruhrs eigentlich kurzfristig abgesagt werden, weil man doch im Kleinen Saal des Künstlerhauses beim großen Derby AUFS GANZE geht. Mit Feuerzeugen, Bierbechern, Klopapier und Transparenten bewaffnet müßten die entrüsteten Bleichgesichter den Kleinen Saal des Künstlerhauses in großer Schar umzingeln, Schlachtchoräle und ontologische Jetzterstrechtparolen anstimmen, mit Heugabeln, Sensen, Kerzen, Fackeln, Kruzifixen fuchteln und den eiskalten Laudator ausräuchern. Den GAST, das heißt, den FEIND. (MAFIA, TIERARZT, BLABLABLA). Das Ungeheuer auf den Scheiterhaufen. DIE ÜBERWÄLTIGENDE MEHRHEIT DER BEVÖLKERUNG LÄSST SICH BLABLABLA. Und daher wäre es in Erwartung des heiligen Volkszorns und des hemmungslosen Volksherzens eigentlich völlig verantwortungslos, für Ruud Plethens Vortrag LOB DER KÄLTE keinen Polizeischutz anzufordern. Die Tätigkeit des Scheidens ist die Kraft und Arbeit des analytischen Verstandes, sagt Hegel, schreibt Plethen, die Kälte ist der sinnfällige Effekt der Trennungsprozeduren. Tatsache aber ist, daß wegen Hegel im Original noch kaum wo Polizeischutz angefordert werden mußte.

9

Eine systematische KRITIK DES LOBS DER KÄLTE hatte ich mir also nicht vorgenommen, wohl aber einige ganz subjektive Entgegnungen aus der Perspektive der Kärntner Soziographie und Geographie und Klimatologie. Vor Ort finde ich wenig signifikante Indizien dafür, daß Kälte eine Evolution bewirkt, wollte ich Ruud Plethen sagen. Es kann schon sein, daß man bei solchen frostbedingten Bewußtseinserweiterungsprozessen in größeren Zeitdimensionen denken muß. Ich bin auch kein besonders ungeduldiger Mensch, aber so geduldig nun auch wieder nicht, daß ich bezüglich der Landesmenschendämmerung bis zur nächsten Interglazialzeit warten möchte. Ich glaube, wir haben hier viel mehr Vergangenheit als Evolution hinter uns. Der Gletscher hat die letzten Reste der Tierseele keineswegs zum Verschwinden gebracht, im Gegenteil, es entstehen immer neue Arten. Ich selbst habe einen Stock tiefer einen Bären. Das müßte einen Holländer schon beeindrucken. Also könnten wir uns den Gletscher sparen. Und die Literatur, die tatsächlich in Gipfelbücher gekritzelt wird, ist beim besten Willen nicht der Rede wert. Bei allem Respekt haben auch die genauesten Büromöbel und die ehrlichsten Schreibmaschinen der City National Bank die Menschheit nicht sonderlich weitergebracht. Stahlbeton und Aluminium sind im modernen Wohnungsbau mittlerweile längst eine Selbstverständlichkeit, aber die Welt hat ihren Kehrichthaufencharakter deswegen nicht verloren, das Leben der Menschen nicht die Wehen des Trauerspiels. Und daß sie im großen und ganzen reibungslos funktionieren, möchte ich ihnen nicht unbedingt zum Kompliment machen. Ich wünschte mir wesentlich mehr funktionslos verausgabte Energie als ÄSTHETISCHES PHÄNOMEN, ästhetisch verausgabte Energie. Aber damit rede ich gegen Wände.

Unser Eis war jedenfalls kein großer Lehrmeister, allenfalls ein Turnprofessor, und auch der Winter ist es nicht. Unsere Turnplätze haben Sätze hervorgebracht wie DAS WÄRE EINE CHANCE GEWESEN oder DIE HEIMISCHEN TUEN NUR NOCH DAS NOTWENDIGSTE oder EIN PUNKT IN BOZEN IST EIN PUNKT oder ES MANGELT AN DER BEINARBEIT oder DIE ANSCHLIESSENDE ECKE BRACHTE NICHTS EIN oder BEI EINEM ANGESCHLAGENEN GEGNER MUSS MAN NACHSETZEN oder DAS SPIEL DER HAUSHERREN IST OHNE INHALT. Das Eis hat gewissermaßen nagetieradaequat unseren ökonomischen Sinn bestimmt, aber das ist auch schon alles. Genaugenommen geht es uns nicht einmal ökonomisch besonders. Gut, im Vergleich mit dem Balkan, ja... Die Sinne, die nicht ökonomisch funktionieren wollen, brechen ein und gehen unter.

Schließlich wollte ich, um dem LOB DER KÄLTE noch einmal zuzusetzen und DEN REST ZU GEBEN, den letzten Mann meines Kaders, den Dissertations-jollyjoker Alfred Ziegler ins Spiel bringen, der mir mit der „glazialen Traumatisierung" nach dem Mund redet und meint, die Eiszeiten, die sich über Hunderttausende von Jahren erstreckt haben, müssen jenen Teil der Erde, in dem der homo realis entstanden ist, zu etwas ganz und gar Deprimierendem gemacht haben: Überall Schnee und Eis und vor allem Taigen mit endlosen Sümpfen, mit Moos und Flechten bewachsene Tundren. Öde und Leere waren für eine Ewigkeit der tägliche Anblick unserer Vorfahren. Nicht weniger als unwirtlich dürfte diese Welt auch grenzenlos langweilig gewesen sein: Gefahr drohte also nicht nur von außen, sondern auch von innen, denn das Risiko war groß, in einer unerträglichen melancholischen Fadesse aufgelöst zu werden. Gleichwohl gebärden wir uns, als ob wir noch immer in steinzeitlichen Höhlen wohnten: So sehr wir die Welt schon mit unserer Wirklichkeit verstellt und vollgestapelt haben, sind wir noch immer mit wachsendem Eifer dabei, Wirklichkeit auf Wirklichkeit zu türmen. Verglichen mit dem Leben auf dem Eis und in den Tundren könnten wir nun eigentlich in kurzweiligem Wohlstand leben. Aber wir verhalten uns noch so, als müßten wir uns aus einer unergründlichen Langeweile retten. Wir tragen die formlose Öde, den Abgrund, das Nichts weiterhin in uns, wir sind die Gletscher nie mehr losgeworden, überall holen uns die kalten Nebel ein, überrollen uns die Schwaden. Das ist ein schöner Schluß für die Dissertation. So gehe ich ins Rigorosum. Denken hat uns das Eis nicht gelehrt, beim Frieren haben wir nichts lernen können, nicht einmal das Frieren, wollte ich sagen, damit ich auch ein bißchen Polizeischutz abbekomme. Es könnte doch ein dramatisches Derby werden, dachte ich. Und mich so im Polizeischutz suhlend wollte ich Ruud Plethen schließlich fragen, ob gerade er als Niederländer und Meeresmensch mich – Kälte hin, Kälte her – im Sinn der Evolution und des Bewußtseinserweiterungsprozesses bei meiner Idee der Niederreißung der Karawankenwand wenigstens MORALISCH unterstützen wolle. Mit Nietzsche sei bereits alles arrangiert.

Zugegeben der dissertatorischen Vollständigkeit halber: Slowenien ist auch nicht der Weisheit und Glückseligkeit letzter Schluß und auch nicht gerade ein Land übermütiger Geistigkeit, trotz Bled und Karst und Lipizzanern; zugegeben gibt es in Laibach und Aßling auch noch Eishockeymannschaften, und in Bled gibt es unsinnigerweise sogar früher Kunsteis als hier in Klagenfurt; zugegeben ist Slowenien ja auch noch ziemlich bergig und politkrank und morbid, zugegeben flüchten sich die Slowenen gerade in den letzten Jahren ebenso in einen absurden Übersprungsfremdenverkehr, und wer nicht gerade aus Griffen kommt, muß sich für die jenseitigen Grotten auch nicht unbedingt enthusiasmieren. Hier müßte man im Zug des Großprojekts natürlich ebenfalls noch ein wenig nachschleifen und glätten, allerdings erst dann, wenn es keinen Heimatdienst mehr gibt, der sich darüber fälschlich freuen könnte.

Meine Zerrissenheit, dachte ich mir am Weg durch Frost und Finsternis zum Kleinen Saal des Künstlerhauses, läßt sich vielleicht so aussagen: Mein Körper, das Tier, möchte mit aller Gewalt und, wie man sagt, MIT DEM KOPF DURCH DIE WAND in den Süden. Am liebsten würde er den ganzen Tag und das ganze Leben völlig untätig an der Meeresküste in der Sonne liegen, endlich atembare Luft atmen, fernsehen und zuhören, wie der Wind bläst und die Wellen schäumen, abends mit schmalen Griechen oder dicken Italienern in Unterhemden vor dem Haus auf der Straße sitzen, gedankenfrei Spaghetti essen, Chianti trinken und seelenruhig das seelenruhige Firmament betrachten, bis der Chianti eine angenehme Müdigkeit gebracht hat und er, der Körper, von Wein und Meer berauscht einschläft. Die Seele hingegen, meine Karawanke, ist ein hoffnungsloser Quälgeist und hat für Seelenruhe und Sternenhimmel überhaupt kein Organ, sondern wird von einer intensiv mitleidenden Hochachtung zu Skandinavien und allem mit Skandinavien Zusammenhängenden getrieben: die ausgezeichnete Qualität skandinavischer Traurigkeiten und die Höhepunkte skandinavischer Niedergeschlagenheit, vor allem die munchsche Superschwermut und die strindbergsche Superschwermut sind meinem Ungetüm sehr geläufig. Strindberg ist doch bereits am Mondsee zerbrochen. Am Mondsee! Daß selbst die Finnen im Sommer sehnsuchtsvoll nach Südfinnland fahren, die Schweden nach Südschweden und die Norweger nach Südnorwegen, ist menschlich rührend. Diese zwecklosen Ausbruchsversuche! Als Nordnorweger ist man in Südnorwegen auf Dauer so gut wie verloren. Ein kleines, törichtes Wesen.

Brächte ich die utopische Lockerheit zuwege, den Körper nach Sizilien zu schicken und die Seele nach Hammerfest, dann bliebe hier im alpenländischen Wedernoch vielleicht nichts mehr von mir und meinem unglücklichen Bewußtsein übrig.

Ich sitze aber am Gletscher und ich weiß, daß ich keinen „persönlichen Feind“ habe, der „schuld an der Kälte wäre“, ich habe überhaupt keinen persönlichen Feind, weder Gott, noch Sugar, noch Egon, noch sonst wen: Wir sind einander Statisten. Das entzauberte Plateau selbst ist der Feind, und der Kampf dagegen ist aussichtslos. Wenn unser Eis ein Lehrmeister ist, dann läßt es uns durchfallen. Man lernt nicht frieren. Natürlich liegen vier Grad Celsius, positiv gedacht, 277 Grad über dem absoluten Nullpunkt, aber im Wasser ist man bei vier Grad Celsius nach acht Minuten tot. Und vielleicht würde ich Ruud Plethen im kleinen Kreis erzählen, was ich Sugar Sereinig nicht erzählt habe, daß ich am 16. Jänner 1967 als Kind in der Pörtschacher Bucht des Wörthersees ins Eis eingebrochen, untergegangen und zum Teil gerettet worden, zum anderen Teil zu Grund gesunken und gestorben bin.

10

Der Termin des LOBS DER KÄLTE war parallel zum großen Eishockeyderby, parallel zum Schicksal und zur letzten Hoffnung der überwältigenden Mehrheit der Bevölkerung allen paraakademischen Skandalspekulationen zum Trotz in Wirklichkeit doch denkbar ungünstig gewählt, aber es ist ja kein großes Geheimnis, daß es für derlei Veranstaltungen, die, mit dem Maiernigger Melancholiker Gustav Mahler gesprochen, in der einen oder anderen Weise vom DUNKEL DES LEBENS handeln, überhaupt keine günstigen Termine gibt. Im Gegenteil sind derlei Veranstaltungen quasi eine Garantie dafür, daß ihre Konkurrenzveranstaltungen, gleich welche, gut besucht sind.

Was das Ohr meiner Mannschaft, Gustav Mahler, betrifft, so bin ich mir sicher, daß bereits zu seinen Lebzeiten, vor allem in seiner Maiernigger Phase unter besonderer Berücksichtigung der Kindertotenlieder-Phase das wenigstens für die Maierniggerinnen und Maiernigger Interessanteste und Publikumswirksamste an Gustav Mahler Alma Mahler war: DIANDLE, KUM HER ZAN ZAUN, LOSS DA IN DIE AIGLAN SCHAUN. Dieser Zaubersack! Dieses gerüttelt Maß Lebensfreude und Daseinslust, diese Extraportion Eleganz und Liebreiz und Verlangen, diese KONSEQUENTE MANNDECKUNG. So charmant, so sinnlich, so lasziv. So eine Freude am Sex und an Longdrinks und Hawaishakes und an bis zu 55% geschmeidigerer Haut. Holioliolio, Holioliolïääăh. Almas Schönheit verlockt und entzückt noch die Nachwelt, Gustavs Elegie ICH BIN DER WELT ABHANDENGEKOMMEN ist der Nachwelt weitgehend abhandengekommen. Der Nachwelt ist es ganz egal, daß Frau Mahler ihrer von innen drohenden paläozoischen Gefahr zufolge wahrscheinlich doch eine degoutante und ekelhafte Person, als Mensch eine Zumutung war und rein künstlerisch praktisch auch nichts geleistet hat, als einen Künstler nach dem anderen künstlerblutabzapfend abzuklappern und die ohnehin unglücklichen Künstler beim Verunglücken zu beschleunigen.

Im Komponierhäusl, das zwischen Zecken und Wespen und Wurzeln versteckt ist, ein Einzelzimmer im Wald, gar nicht so viel größer als mein eigenes Existierersatzzimmer, wollte Mahler ja auch wirklich niemanden sehen und absolute Ruhe haben, um seinen Puls zu hören und sein Leben mit der VI. Symphonie anticipando zu musizieren. Heute gibt es im Komponierhäusl einen Ferialjobhäuslwärter, der setzt im großen und ganzen die Einsamkeit und die menschenleere Existenz fort und spielt auf einem CD-Player den ganzen Tag Mahler-Symphonien, daneben liegt ein Gästebuch, da kritzeln vereinzelte deutsche und holländische Urlauber Name und Verzückung hinein. Klagenfurter hat er noch keinen gesehen, sagt der Häuslmeister, Klagenfurter sind in Maiernigg Exoten. Maiernigg liegt ja auch fünf Kilometer entfernt. Die Klagenfurter respektieren Mahlers absolutes Einsamkeitsbedürfnis bis heute. Brav. Vielleicht sollte die Mahlergesellschaft aber doch einmal eine Presseaussendung machen, daß die VI. Symphonie jetzt fertiggestellt ist und daß man sich ohne weiteres darauf stürzen kann. Und dann die Aussicht! Bis Pörtschach!

Es ist kein großes Geheimnis, daß die Horde der Waldmenschen ihre Verhaltenscharakteristika seit dem Tertiär nicht wesentlich geändert hat. (DIE ANSCHLIESSENDE ECKE BRACHTE NICHTS EIN, DAS WÄRE EINE CHANCE GEWESEN, DIE HEIMISCHEN TUN NUR NOCH DAS NOTWENDIGSTE). Bei Kältebädern des Intellekts und selbstbewußtem teleologischen Zähneklappern im Kleinen Saal sind gewöhnlich weder mitzitternde Minister, noch Bürgermeister, noch Journalisten zu befürchten (lassen sich deswegen auch nicht eigens entschuldigen). Es kommt auch kein Stadtrat, um frohgemut zu erklären, daß überhaupt niemand versteht, was hier passiert, Grüß-Gott-Auf-Wiedersehen-wir-bleiben-in-Kontakt. Bei Wintermärchen und Verneinungsgesängen steht weder touristische, noch publizistische, noch volkskulturelle Nachnutzung in Aussicht. Verneinungsgesänge haben selten einen ins Ohr gehenden Refrain. Diese Abstinenzen hätten mich auch gar nicht sehr gestört: Umso mehr Publikum zum Schicksalseishockeyspiel und umso weniger Publikum zur eiskalten Schicksalsanalyse gekommen wäre, desto fundierter und plausibler wäre meine Skepsis gewesen. Umso mehr Winterfrischler beim Gottesdienst in der Eishalle und umso weniger Unerschrockene und Abhärtungswillige beim Trennungstrainingslager bezüglich familiärer Behaglichkeit und historisch gewachsener Gemeinschaften und erbkulturellen Ballasts, desto lächerlicher hätte ein Lob der Kälte und ihrer pädagogischen und didaktischen Verdienste geklungen, desto einleuchtender wäre der immerwährende Wahnsinn, desto einleuchtender wäre gewesen, daß Kälte, Schnee und Eis mehrheitlich keineswegs zur Freigeisterei verleiten, sondern sich nach Tialf bloß die ihnen gemäßen Götzen erzeugen und sie mit Kufen ausrüsten. Womöglich würde die Horde der Kärntner auch deswegen nicht gerade auf einen Holländer losgehen, weil doch gerade die Holländer im Winter hordenweise nach Kärnten zum Schlittschuhlaufen kommen, wenn die Holländischen Flüsse und Kanäle nicht zugefroren sind, und da muß man doch und da kann man doch nicht. (Siehe: Nächtigungszahlen).

Das bekannte sehr kleine und sehr interessierte Publikum hatte ich in Anbetracht der Umstände nicht nur erwartet, sondern eigentlich sogar erhofft, und es hätte mich gar nicht erstaunt, wenn das Publikum diesmal so klein und so interessiert gewesen wäre, daß es ausschließlich i c h gewesen wäre. Ich hoffte bloß, daß der Kälteeuphoriker Ruud Plethen seine Evolutionsillusion und sein Tiefkühlgaudeamusigitur auch dann vorträgt, wenn sich die Horde der Waldmenschen nicht dazu entschließen sollte, den existentiellen Kampf mit der Kälte aufzunehmen, sondern schwänzt, schwätzt, unbelehrbar, unaufmerksam, faul, geistig abwesend ist, weder Lust hat, vom Geburtstrauma des Kälteschocks, der die biologische Klammer zur Mutter zerschneidet, jetzt noch, wo ohnehin alles vorbei ist, Notiz zu nehmen, noch, sich diesem Kälteschock absichtlich nochmals auszusetzen, um Kulturtechniken zu erlernen, von denen niemand sagen kann, wozu sie gut sind. ANDERE SORGEN!

Vor Ort stellte ich sofort fest, daß ich mich bezüglich des Publikumsandrangs nicht sehr verschätzt hatte. Außer mir stand im Foyer vor dem Kleinen Saal nur noch ein älterer, einarmiger Herr – im ersten Augenblick schwer zu sagen, ob er Publikum oder Portier war. Jedenfalls war sowohl eine Revolution, als auch eine Evolution des Weltgeisteslebens zumindest für diesen Abend und zumindest auf Kärntner Boden mit großer Gewißheit auszuschließen. Etwas erstaunt war ich dann aber doch, als ich von dem älteren, einarmigen Herrn, der unsicher auf mich zugekommen war und sich nach dem Grund meines Kommens erkundigt hatte, erfuhr, daß die Veranstaltung überhaupt abgesagt werden mußte, und zwar nicht, weil ich persönlich als Publikum des Privatissimums zu wenig und zu unbedeutend gewesen wäre und womöglich nicht die nötige Stimmung erzeugt hätte (außerdem seien vor mir bereits zwei andere Zuhörer dagewesen!), sondern weil der Vortragende selbst, Herr Doktor Ruud Plethen nicht auftreten konnte, da er infolge einer schweren Erkältung und damit verbundenen hohen Fiebers im Bett bleiben müsse. Sofern Herr Plethen bis dahin wieder genesen sei, werde die Veranstaltung am kommenden Donnerstag, den 16. Jänner, um 19.30 nachgeholt. Die beiden anderen Besucher seien ebenfalls informiert.

11

Am darauffolgenden Morgen setzte ich mich in mein Existierersatzzimmer und schrieb nun eben ohne eventuelle niederländische Widerrede unter den letzten Satz zur gefälligen Kenntnisnahme für alle Einzelfälle, die das unergründliche Schicksal jemals über meine Dissertation stolpern lassen will, gleichsam als Epilog mein Lieblingsgalgenlied von Christian Morgenstern:

EIN SEUFZER LIEF SCHLITTSCHUH AUF NÄCHTLICHEM EIS
UND TRÄUMTE VON LIEBE UND FREUDE.
ES WAR AN DEM STADTWALL, UND SCHNEEWEISS
GLÄNZTEN DIE STADTWALLGEBÄUDE.

DER SEUFZER DACHT AN EIN MAIDELEIN
UND BLIEB ERGLÜHEND STEHEN.
DA SCHMOLZ DIE EISBAHN UNTER IHM EIN –
UND ER SANK – UND WARD NIMMER GESEHEN.

Ich widmete meine Geheimdissertation DEM UNBEKANNTEN PÖRTSCHACHER SCHLITTSCHUHLÄUFER, dann schloß ich das Manuskript, schrieb auf das Deckblatt den Titel UNTERGÄNGE. EIN PARAEXISTENTIALISTISCHER EISZUSTANDSBERICHT und wickelte den Stapel in die FRANKFURTER ALLGEMEINE ein, um sie zum Buchbinder und anschließend zum Stiefvater zu tragen. Sic volo, sic, iubeo, sit pro ratione voluntas, wie gesagt.

Schon zuvor hatte ich während des Frühstücks in der

KÄRNTNER TAGESZEITUNG gelesen, daß der Klagenfurter Athletikclub den Villacher Sportverein im Schicksalsschlager der vergangenen Nacht vor ausverkauften Rängen nach dramatischem Spielverlauf und einem HERZSCHLAGFINISH durch ein PRACHTTOR Sugar Sereinigs in der Schlußminute SENSATIONELL vier zu drei bezwungen und sich mit diesem BRAVOURSTÜCK am eigenen Schopf aus dem Wasser gezogen hat (was bekanntlich kein geringes Kunststück ist). Das Match sei ein KRIMI gewesen, Alfred Hitchcock hätte nicht besser Regie führen können. Das Spiel habe alle HÖHEN UND TIEFEN eines Spiels beinhaltet, die Zuseher brauchten ihr Kommen NICHT ZU BEREUEN. Die Klagenfurter haben vor allem in den KRITISCHEN PHASEN DER BEGEGNUNG NERVEN BEWAHRT UND ENORME MORAL BEWIESEN. Sugar habe nicht nur in seiner TRICKKISTE gewühlt und seine Kameraden mitgerissen, sondern mit seinem TORINSTINKT an seine BESTEN ZEITEN erinnert. Sugar sei einmal mehr im entscheidenden Augenblick über sich hinausgewachsen und EXPLODIERT.

Auf der Ehrentribüne habe man neben vielen anderen VERY IMPORTANT PERSONS aus Kultur, Sport, Intelligenz und Gesellschaft auch den strahlenden Sepp Sereinig, den strahlenden Vereinsobmann, einen strahlenden Vereinspräsidenten, einen händereibenden Kassier, einen strahlenden Sponsor, einen strahlenden Nationalcoach, den strahlenden Erfolgssachbuchautor Felfernig, dutzende strahlende Landtagsabgeordnete und Gemeinderäte und nicht zuletzt den strahlenden Sportstadtrat Dr. Egon Jammerl der insgesamt strahlenden Gartenstadt am Wörthersee gesehen, der anläßlich der Explosion in einem Interview nicht ohne Genugtuung feststellte, der Sieg sei MEHR ALS VERDIENT, die Geduld, die Ausdauer und das Beharrungsvermögen haben sich gelohnt, die LADEHEMMUNG sei überwunden, die SERIÖSE ARBEIT des Trainers zeige nun endlich Früchte. Jetzt könne sich die VER-

KRAMPFUNG LÖSEN, jetzt könne man sich daran machen, die HOCHBURG zu RESTAURIEREN. Die Zukunft sehe nun mit einem Schlag wieder viel hoffnungsvoller aus, es gehe aufwärts, man könne sich allmählich wieder NACH OBEN ORIENTIEREN. Oh sanctus Ianuarius. Entscheidend sei nun, daß alle Kräfte zusammenwirken und AN EINEM STRANG ziehen. Die Diskussion um den Kopf des Trainers und um die Köpfe der Mannschaft und um die Köpfe der Vereinsleitung sowie die Diskussion um seine eigene Person und um seinen eigenen Kopf müßten nach dieser eindrucksvollen Darbietung nun endlich verstummen, das KREUZFEUER DER KRITIK solle umgehend eingestellt werden. Siege machen schön.

Nach der Schlußsirene spielten sich in der Zeitung als UNBESCHREIBLICH beschriebene Szenen ab: Tausende begeisterte Fans waren völlig AUS DEM HÄUSCHEN, sprangen samt ihren Schals und Wimpeln und Fahnen und Transparenten und Klopapierrollen spontan zur Auferstehungsfeier über die Absperrungen, stürmten johlend und jubelnd die Eisfläche, sangen wie aus einer Kehle KAC WIRD MEISTER, VSV SIEHT GEISTER und WE ARE THE CHAMPIONS und OH WHEN THE REDS GO MARCHING IN und SO EIN TAG SO WUNDERSCHÖN WIE HEUTE und OH AUGENBLICK VERWEILE DOCH, umarmten ihre Lieblinge, bettelten um Devotionalien und hoben die TODMÜDEN, aber überglücklichen Rotjacken, allen voran den überragenden Kapitän, den Superstar Sugar Sereinig, zum Triumphzug auf die Schultern: Ein farbenfrohes, ein positives Bild. Ein Bild mit Vorbildcharakter. Georg Heym sagt geistesgegenwärtig:

UND MIT TAUSEND ROTEN ZIPFELMÜTZEN WEIT
SIND DIE FINSTREN EBENEN FLACKEND ÜBERSTREUT.